徳間文庫

観相同心早瀬菊之丞

善意の寺

早見 俊

徳間書店

目次

第一話　供養の捕物

一

江戸の八丁堀と言えば、髷《まげ》を小銀杏《こいちょう》に結い、巻き羽織姿の同心たちが行き交《か》っている。そんな八丁堀の旦那《だんな》は粋《いき》だと江戸っ子に羨望《せんぼう》の目で見られる。

ところが、南町奉行所定町廻《じょうまちまわ》り同心、早瀬菊之丞《はやせきくのじょう》は形《なり》こそ八丁堀の旦那だが、粋とは無縁だ。

菊之丞は六尺に近い高身長で肩幅も広い。腹は引き締まっていて、いわゆる、そっぷ型の相撲《すもう》取り体型である。もちろん、身体《からだ》にふさわしい大きな顔をしている。

その巨顔は、眉《まゆ》が太くてぎょろ目、大きな鷲鼻《わしばな》に分厚い唇、と、見る者を威圧する面相だ。歌舞伎役者が悪役を演じる際に、こんな化粧をするのではないかと思わせる。悪戯《いたずら》小僧が大人をやりこめた際の得意そうな面構《つらがま》えにも見えた。

天保三年（一八三二）の水無月《みなづき》一日《ついたち》、夏真っ盛りとあって汗まみれの菊之丞は巨体と相まって暑苦しいことこの上ない。しかも、

「まったく、こう暑くちゃやってられねえぜ」

などと毒づいているのだから始末に負えない。強い日差しに手庇《てびさし》を作り、菊之丞はかまびすしい蟬《せみ》に、

「うるさいぞ」

と、文句をつけながら南町奉行所に出仕している。と言っても昼四つ（午前十時）近いとあって出仕時刻はとうに過ぎていた。

ともあれ、菊之丞は南町奉行所の表門である長屋門の脇にある同心詰所に入った。

同心詰所は土間に縁台が並べられただけの殺風景な空間ながら、定町廻りや臨時廻りの同心たちが詰め、様々な情報交換や雑談に花を咲かせる憩《いこ》いの場であった。

ところが、菊之丞が足を踏み入れると、がらんとしている。みな、町廻りに出かけたのだ。

縁台に腰をかけてお茶でも飲もうと小者《こもの》を呼んだ。

「お茶だ。いや、冷たい麦湯をくれ。それと、余り物の菓子でもあったら添えてくれよ」

手拭《てぬぐい》で顔や首筋の汗を拭きながら頼むと、

「鵜飼《うかい》さまがお呼びでございますよ」

と、小者は告げた。

鵜飼さまとは吟味方《ぎんみがた》与力鵜飼龍三郎《りゅうざぶろう》である。与力に呼ばれたとあってはくつろいではいられないが、麦湯の一杯くらい飲んでもいいだろうと、小者を促《うなが》した。

ところが、

「早瀬さま、お急ぎください。出仕なさったらすぐに顔を出すように、と鵜飼さまはきつくおっしゃっておられましたよ」

小者に急《せ》かされた。

そうまで言われては、さすがの菊之丞も無視できず重い腰を上げ、

「さて、朝っぱらからおれに用とは、感状や褒美《ほうび》でもくださるのかな」

と、言ったが、

「一時《いっとき》も遅刻しているんですよ」

小者に指摘され、肩をそびやかして詰所を出た。


与力用部屋に入った。

文机《ふづくえ》が並び、継裃《つぎかみしも》に威儀《いぎ》をただした与力たちがいかめしい顔をして書類に目を通している。誰も菊之丞に視線を向けてくる者はない。鵜飼も朋輩《ほうばい》の与力を相手に談笑していた。

「なんだ、人を呼んどいて」

小声で不満を言い立ててしまった。

ものものしい雰囲気《ふんいき》の中、ずかずかと足を踏み入れ、

「お呼びにより、参上致しました」

菊之丞は鵜飼の傍《かたわ》らに座った。

鵜飼は菊之丞の巨顔に圧倒されるように身を仰《の》け反《ぞ》らせてから、

「早瀬か……遅いではないか」

と、威厳を保つようにごほんと空咳《からせき》を一つした。談笑相手の与力は自分の文机に向かった。

「すみません。それで、御用向きは……」

さして反省の様子もなく菊之丞は問いかけた。

「呼んだのはな、蝮《まむし》の権兵衛《ごんべえ》じゃ」

鵜飼は菊之丞を見返した。白髪《しらが》混じりの髪、気難しそうな面持《おもも》ち、まるで親近感を抱かせない。

「蝮の権兵衛……」

菊之丞は小首を傾《かし》げた。

「蝮の権兵衛、忘れたか。江戸中を騒がせた大盗人だぞ」

顔をしかめた鵜飼であったが、

「ああ、そうであったな。そなたは権兵衛が盗みを働いておった時分、上方《かみがた》で遊んでおったのだな」

と、五年前にぷっつりと消息を絶った盗賊だと説明を加えた。

「遊んでおったのではなく、黙って座ればぴたりと当たる、観相《かんそう》の達人、水野南北《みずのなんぼく》先生の下で厳しい修業を積んでいたんですよ」

いかにも心外というように菊之丞は言い立てた。

「聞いておる。そなたは八卦見《はっけみ》が得意だそうじゃな」

鵜飼の口調と表情には八卦見、観相といった占いに対する蔑《さげす》みが感じられる。

よし、一発かましてやろう。

「鵜飼さま、浮気も大概《たいがい》になさいませ」

不意に菊之丞は言った。

「な、何を申す……」

鵜飼の表情が強張《こわば》った。

「はっきりと観相に表れております。奥方さまを泣かせてはなりませんぞ。鵜飼さまの奥さまは八丁堀にあってもひときわ聡明なお方と評判ですからな。そのようなお方を大事に……」

ここまで言ったところで鵜飼は立ち上がり、

「重大事じゃ。別室にて役目を申し付ける」

と、周囲を憚《はばか》り菊之丞を誘って用部屋を出た。

鵜飼に限らず町奉行所の与力の妻は賢くてしっかりとしている。与力の留守中に大名藩邸の留守居役、大店《おおだな》の商人などの来客があり、きちんとした応対が求められるからだ。

留守居役は自藩の藩士たちが町人と揉《も》め事を起こした場合、穏便に済ませてくれるよう与力と誼《よしみ》を通じる。付け届けを持って来るのが当たり前だ。大店の商人も同様に付け届けをして来るのだ。

彼らは与力を奉行所に訪ねるわけにはいかず八丁堀の屋敷を訪れるのである。応対する妻はしっかり者でなければならないのだ。

「早瀬、いい加減なことを申すな」

小部屋に入るなり鵜飼は怒った。

「いい加減ではありません」

菊之丞は動じない。

「観相でわかったと申すのか」

「ですから、申しましたでしょう。おれの観相は黙って座ればぴたりと当たる、観相の達人水野南北先生直伝《じきでん》だと。浮気の相、夫婦不仲の相が人相にはっきりと表れておりますぞ」

菊之丞は鵜飼の顔をじろじろと見た。

鵜飼はばつが悪そうに唇を嚙《か》んだ。

実のところは鎌を掛けたのだ。町奉行所の与力は金回りがいいため、モテる。愛《あい》妾《しょう》の一人や二人囲っている者は珍しくはないのだ。

してやったりと満足してから、

「鵜飼さま、それで、おれを呼んだっていうのは……」

話を本題に戻した。

鵜飼は我に返り、

「おお、そうであったな。蝮の権兵衛からそなたに書状が届いたのだ」

鵜飼は懐中から一通の文を取り出し菊之丞に手渡した。菊之丞は受け取って差出人を見ると蝮の権兵衛と記してあり、封を開けた跡が見て取れた。

「中味に目を通したんですか」

不満そうに確かめると、

「そなた宛てではあったが差出人は大泥棒、それに奉行所に届いたのだ。これは公務である。よって中味を読んだ」

当然のように鵜飼は言った。

「そりゃ構わないですよ。これが、女からの恋文だったら許しませんがね」

がはははと菊之丞は大口を開けて笑った。鵜飼は小さく舌打ちをしてから、

「いいから、読め」

と、促した。

中味は実に大胆であった。

盗みを働く、捕えられるものなら捕まえてみろ、と記してあったのだ。しかも、菊之丞を名指しにしている。

「おれ、蝮の権兵衛どころか盗人に知り合いはいませんよ。どうしておれを名指しするのかな……」

「権兵衛がそなたを名指しの上、盗み入る、と記してきたからそなたを呼んだ」

鵜飼が言うと、

「どうしておれを……」

尚も菊之丞は疑問を口に出して首を捻《ひね》った後、

「あ、そうか。早瀬菊之丞さまが南町奉行所随一の同心だと知った上での名指しだ。盗人たる者、早瀬菊之丞さま相手に盗みを働こうって気概を示したんだ。ま、その心意気は買ってやろうか。ねえ、鵜飼さま、そうですよね」

と、大きな顔を輝かせた。

鵜飼は呆《あき》れたようにため息を吐《つ》き、

「蝮の権兵衛はな、かつて早瀬宗太郎《そうたろう》、つまり、そなたの兄が追いかけておったのだ。宗太郎はあと一歩のところまで権兵衛を追いつめたのだが、惜しくも取り逃がしてしまった。権兵衛は宗太郎との因縁《いんねん》で弟であるそなたに挑もうというのだろう」

と、冷静に語った。

「へ〜え、兄貴が捕まえようとした盗人か……」

さすがに菊之丞も兄宗太郎を思い、神妙な顔つきとなった。宗太郎は昨年の水無月《みなづき》、労咳《ろうがい》で命を落とした。享年《きょうねん》三十という働き盛りであった。大坂で観相を学んでいた菊之丞は呼び戻され、早瀬家の家督《かとく》と南町奉行所定町廻り同心を継いだのだった。

「芝久保《しばくぼ》町の廻船問屋、出雲屋《いずもや》に盗みに入って千両を奪ってから、権兵衛はぷっつりと行方知れずになった。おそらく、その千両を含めた盗んだ金でのんびりと余生を送っているものと思っていたのじゃがな、またぞろ盗みに動き出すとは」

鵜飼は渋面《じゅうめん》を作りながらもう一通の書状を取り出した。「なんですか」と問いかけようとする菊之丞に、「読んでみろ」と鵜飼は目で言った。

内容は、近々芝久保町の廻船問屋出雲屋から千両箱を一つ、頂戴する、ついては、それを阻止《そし》してみろとあった。文の末尾には権兵衛の名の由来となった蝮の絵が花押《かおう》のように描かれていた。二通目は具体的な盗みを予告してきたのだった。

完全なる挑戦状である。

「五年前に盗みに入ったと同じ出雲屋をもう一度狙《ねら》う、しかも、それを書状にして当奉行所に報《しら》せてきた上に阻止できるかと挑んできた。捨ててはおけん。これは、そなたばかりか南町奉行所への挑戦である」

鵜飼は厳しい顔をした。

「権兵衛は兄が死んだことも、おれが南町奉行所に出仕しているのも知っているんでか」

「そういうことだな」

鵜飼もうなずく。

「これ、本物ですかね。つまり、何者かが蝮の権兵衛を騙《かた》っているんじゃないんですか」

ふと思い浮かんだ疑問を鵜飼に投げかけた。

「蝮の絵は権兵衛が盗んだ先に残していった印である。たしかめる必要があるな。性質《たち》の悪い悪戯と考えられなくはない。つまり、蝮の権兵衛はいない、そして、出雲屋への盗みもない……まあ、都合よく考えればこの文は悪戯と片付けられる。従って捨て置けばよいのだが、そういうわけにもいかぬ。本物ではない証《あかし》もないのだからな。何せ、蝮の権兵衛は捕まっておらんのだ」

鵜飼は判断がつかないようだ。

「出雲屋からは訴えは出ていますか」

菊之丞は鵜飼を見たが、首を横に振った。

「ともかく、出雲屋に行ってきますよ」

菊之丞は力強い声を出した。

この挑戦状が本物とすれば、亡き兄宗太郎が捕え損ねた盗人と対決することになる。蝮の権兵衛を捕えることができれば。

(兄への供養になる)

菊之丞は宗太郎の一周忌に花を添えようと、決意の炎を胸一杯に燃え上がらせた。

二

同心詰所に戻ると手札を与えている岡っ引、薬研《やげん》の寅蔵《とらぞう》が待っていた。

歳は四十一の練達の岡っ引である。両国の大川に沿って広がる薬研堀に住んでいることから、「薬研堀の親分」とか、「やげ寅」などと呼ばれていた。背は高くはないが、がっしりとした身体、浅黒く日に焼けた顔は鼻筋が通り、いわゆる「苦み走った」好《い》い男であった。

寅蔵は心配そうな顔で、

「与力さまに呼び出されたそうじゃありませんか。遅刻ばかりなさるんで、お灸《きゅう》を据えられたんじゃないですか」

と、問いかけとも小言ともつかないことを言った。

「外れだ」

菊之丞は否定してから蝮の権兵衛からの挑戦状を見せ、鵜飼とのやり取りを語った。

「……蝮の権兵衛ですか」

寅蔵は目を大きく見開いた。

「覚えているか」

菊之丞の問いかけにもちろんですよ、と返事をしてから、

「盗人を誉《ほ》めるのは十手《じって》を預かっている者には御法度《ごはっと》ですがね、それでも敢《あ》えて言いますがね、大した盗人でしたよ」

寅蔵は感嘆のため息を漏らした。

徒党を組まずに一人でこれと目をつけた商家に盗み入る。盗み入った商家では錠前の蠟型《ろうがた》を取って合鍵を作り、鮮やかな手口で金を盗んだ。盗み行為を通じて、一人も傷つけなかったそうだ。

「そりゃ、凄腕《すごうで》だったんだな」

菊之丞も感心した。

「まあ、あっぱれな盗人でしたよ。兄上の宗太郎さまは懸命に探索をなさったんですがね……そうですよ、あっしも権兵衛には因縁があるんです」

寅蔵は神妙な顔つきになった。

「どうした」

「当時、柳《やなぎ》の吉五郎《きちごろう》親分というお方の下っ引だったんですよ。吉五郎親分には随分《ずいぶん》と鍛《きた》えられました。吉五郎親分が隠居なさったのは権兵衛の一件がきっかけでしてね」

吉五郎は権兵衛を取り逃がしたことから衰えを感じ、隠居して、寅蔵に岡っ引を譲ったのだった。

「じゃあ、権兵衛はおまえにとっては恩人じゃないか。岡っ引になれたんだから」

菊之丞が指摘すると、

「そりゃないですよ……あっしゃ、吉五郎親分にはまだまだ教わりたかったし、盗人に恩義なんか微塵《みじん》も感じませんぜ」

心外だと寅蔵は強い口調で言い返した。

わかった、わかった、と菊之丞が宥《なだ》めると、

「蝮の権兵衛、何が何でも捕えてやりましょう」

寅蔵は腕まくりをした。


菊之丞と寅蔵は芝の久保町にある廻船問屋、出雲屋にやって来た。

出雲屋は久保町の表通りにある間口七間《けん》の立派な店構えの大店だった。葺《ふ》かれたばかりの屋根瓦《がわら》が夏の陽光を弾いていた。店の前は打ち水がされているために濃厚な土の香りが立ち上っている。

主人の伝次郎《でんじろう》に面談を求めると、すぐに店の裏手にある母屋《おもや》の客間に通された。

この辺りは増上寺《ぞうじょうじ》をはじめとする多くの寺院が立ち並んでいることもあり、客は寺院への参詣《さんけい》や墓参の途中に商談に立ち寄るのが珍しくはない。

庭に面した客間に通されると女中が冷たい麦湯と羊羹《ようかん》を持って来た。

「おお、これ、芝で評判の練羊羹だろう」

菊之丞は舌なめずりをした。

「改めて、大そう立派な店ですね」

五年前よりも発展している、と寅蔵は言った。

「今の伝次郎で五代目だな。老舗《しにせ》の廻船問屋だ」

菊之丞は練羊羹を口に入れた。たちまち、頰《ほお》を緩《ゆる》め、喜色満面となった。寅蔵は麦湯を一口飲んだだけで、羊羹には手を付けないでいる。

「なんだ、羊羹、嫌いか」

別に嫌いなわけではないが、権兵衛の書状の件を確かめるまでは食べる気にならない。だが、それを言うのが面倒で、「ええ」と短く返事を返すや、

「そうか、なら、しょうがないな」

手助けするような調子で菊之丞は寅蔵の練羊羹を手に取った。それを口に入れたところで、

「お待たせ致しました」

伝次郎が入って来た。紬《つむぎ》の着物に絽《ろ》の夏羽織を重ねている。歳は五十近いが、髪は鬢《びん》付《づ》け油のせいで艶々《つやつや》と光っていた。細い目が笑みをたたえているせいで、ほとんど糸のようになっている。

「いやあ、この練羊羹、評判通りにまこと美味《うま》いぞ」

菊之丞はまず練羊羹を誉めた。

「お役人さまにお誉めいただき、恐縮でございます。よろしかったら、お土産《みやげ》も用意させていただきますので」

「それはかたじけない」

菊之丞が何の遠慮もなく相好《そうごう》を崩したので寅蔵は咳払いをした。菊之丞は名乗り、寅蔵についても紹介してから、

「本日、まいったのは蝮の権兵衛の一件だ」

と、伝次郎のほうを向いた。伝次郎は一瞬、言葉を飲み込み、

「はあ。蝮の権兵衛でございますか」

笑みを消した。

「実は、蝮の権兵衛より当奉行所、おれ宛てに書状が届いた」

菊之丞は権兵衛からの挑戦状を見せた。伝次郎はしばらく書状を持ったまま固まっていたが、

「あの、あなたさまは早瀬宗太郎さまとは……」

菊之丞の顔に視線を向けてきた。

「弟だ」

菊之丞は短く答えた。伝次郎は菊之丞の顔に宗太郎の面影を探るようにしばらく見つめていた。

しかし、力士のような菊之丞と細面《ほそおもて》の男前であった宗太郎とのあまりの違いに弟だとは思えないようだ。

それでも、「そうでございますか」と言葉を濁し、

「ご存知とは思いますが、てまえどもは五年前、蝮の権兵衛に千両箱を盗み取られました。その際、兄上さまがお取調べを行ってくださったのです。それは、もう熱心にお取調べくだされたのですが、あいにくなことに、権兵衛の奴《やつ》、悪運が強いと申しましょうか、行方知れずとなってしまいました……で、時に兄上さまは、ご壮健でいらっしゃいますか」

「死んだ。今月一周忌を迎えた」

菊之丞が返すと、

「そうでしたか。誠実で熱心な同心さまでしたが。いや、知らなかったとは申せ、失礼申し上げました」

伝次郎は丁寧《ていねい》に頭を下げた。菊之丞は会釈《えしゃく》を返すのみに留《とど》め、話を権兵衛に戻した。

「その権兵衛が五年経った今になって出雲屋さんから千両箱を盗み出すと予告してきたのだ。なにか心当たりはないか」

「さあ、なんとも……五年前にうまいこと盗み出せたので、出雲屋は盗みやすいとでも考えたのでしょうか」

伝次郎は自嘲《じちょう》気味の笑みを顔に貼り付かせた。

ここで寅蔵が、

「伝次郎さんには権兵衛からはなにも言ってきていないのですか」

と、問いかけた。

「いいえ、実は……」

伝次郎は言い辛そうにうつむいた。

「言ってきたのか」

菊之丞が確かめた。

「はい。この書状と同じような書面でした」

「見せてくれ」

菊之丞は身を乗り出した。

「それが、悪戯と思って捨ててしまったのです」

伝次郎は申し訳ございません、と頭を下げた。

「無理もないな。で、その文には蝮の柄が描かれていたかい」

菊之丞に問われ、

「はい、文の末尾には蝮の絵が記されておりました」

伝次郎は答えた。

「それで、奉行所にも届けなかったのか」

菊之丞は不満そうに顔を歪《ゆが》めた。

「はい、その通りでございます。それに、お奉行所を煩《わずら》わせることも失礼かと存じました」

「無理ござんせんや」

寅蔵は助け船を出した。

「奉行所にまで書状を送ってきたというのは、悪戯にしては手が込みすぎているな」

菊之丞が言うと、

「では、文は本物、本当に蝮の権兵衛はまたしても出雲屋から千両箱を盗むつもりなのでしょうか」

伝次郎は怖くなったのか首をすくめた。

「可能性はある」

菊之丞が推測すると、

「ご用心に越したことはありませんや」

寅蔵も言葉を添えた。

「はい、それは、もう」

「ちゃんと、金蔵は錠を掛けているだろうな」

菊之丞が確かめると、

「もちろんです」

「見せてもらおうか」

菊之丞は寅蔵を見た。寅蔵もうなずく。

「わかりました、では」

伝次郎は菊之丞と寅蔵をつれ客間を出、庭に降り立った。

蟬時雨《せみしぐれ》が降り注ぎ、手入れが行き届いた庭である。池や築山《つきやま》が設けられ、松、桜、紅葉《もみじ》が植えられている。時節になれば庭を美しく彩るだろう。今は、木々の緑と池の脇に設けられている稲荷の鳥居の朱色が異様に目立っていた。

「蔵はいくつあるんだ」

菊之丞の問いかけに、

「六つでございます」

伝次郎は説明を始めた。

店の裏手に隣接した二つの土蔵には菓子が納められている。生垣に沿って設けられた三つの蔵には米、味噌、醬油、炭が納まっている。残る一つは、ここからは見えないが母屋の裏手にあり、それが金蔵だった。

「金蔵に行ってみるか」

菊之丞は歩き出した。

三

金蔵は母屋の台所の裏手にあった。日当たりが悪く、立っていると夏だがうすら寒くなりそうだ。それでも日輪に照らされた海鼠壁《なまこかべ》は陽炎《かげろう》に揺れていた。

引き戸にはもちろんしっかりと錠前が取り付けてある。菊之丞は触ってみた。ずしりと重い南京錠だ。

「この中にたんまりと金があるのだな」

菊之丞は振り返った。伝次郎は首を縦《たて》に振る。

「どれくらい、入っているんだ」

「では、中をご覧に入れましょう」

伝次郎は、鍵を取って来ますと店に向かった。

「大したもんだな。これだけの財を成したとはな。抜け荷でもやっているのか」

言ってから菊之丞は冗談だよと言い添えた。すると、菊之丞たちの方を見ている男がいる。粗末な木綿の着物を着て手拭で頬かぶりをしていた。下男のようだ。台所脇の井戸で水を盥《たらい》に汲《く》んでいたのだが、手を止めて顔を向けていたのだ。

菊之丞は男の視線が気になり、見返した。

男はすぐにうつむいて盥を持ち台所に入った。そこへ、伝次郎が戻って来たので菊之丞も視線をそらした。

「では、開けます」

伝次郎は南京錠を外し、戸を開けた。伝次郎に続いて菊之丞、寅蔵の順で足を踏み入れる。十畳ほどの板敷きが広がり、箱が積んである。

「これらが千両箱。こちらが銭箱です」

全部で一万両の貯えがあるという。

その他に、壺《つぼ》や掛け軸といった骨董品《こっとうひん》も多数収納してあった。書棚も設けられ、そこには年代順に大福帳が積んである。

「すげえな、こりゃ、蝮の権兵衛ならずとも盗みに入りたくなるもんだぜ」

菊之丞はまたも八丁堀同心には不適切な言葉を並べた。

寅蔵は聞いていないふりをして蔵の中を見回した。伝次郎は人が好いのか商人の気性がそうさせるのか、

「わたくしで五代目でございますので。代々の蓄積でございます」

大真面目《おおまじめ》に応じた。菊之丞は尚も出雲屋の財産について聞きたそうな素振りを見せたが、

「ところで、五年前も相当な金があっただろうが、盗まれたのは千両箱一つだけか」

と、ようやく八丁堀同心らしい問いかけをした。

「千両箱一つでございます」

伝次郎はこくりと首を縦に振った。

「そうだな、千両箱一つだけと言っても、持って走るとなると中々骨だよな」

菊之丞は千両箱を持ち上げてみた。

ずしりと重い。肩に担《かつ》げないことはないが、担いだまま走るとなると相当な力持ちでないと無理だろう。

「どれくらいの重さなのでしょうね」

寅蔵が言った。

「そうだな」

もう一度、担いでみたが小首を傾げるのみで具体的な数字は頭に浮かばない。何しろ、千両箱などとは無縁の人生だ。

代わりに、

「ざっと、五貫以上はあろうかと」

伝次郎が答えた。千両箱は一両小判と合わせると二十キロほどの重さがあった。

「ま、千両あれば十分だ。蝮の権兵衛は徒党を組まず、一人っきりで盗みを働いていたからな。千両箱一つ運ぶのも骨だったろうよ。おれだったら、千両もあれば一生安楽に暮らせる。いや、とても使い切れたもんじゃないさ」

菊之丞は千両箱を床に置いた。

「そうですよね」

寅蔵も同意した。

「そうだよ。千両って、羊羹が一体何本買えるんだ」

能天気に菊之丞は寅蔵に聞いたが、とても計算する気にはなれず、

「さあ、一生かかったって菊之丞の旦那でも食べきれないほどでしょうよ」

「そうだよな」

菊之丞は寅蔵の大雑把《おおざっぱ》な答えで十分のようだ。

「でも、なんだって権兵衛は五年経ってまた千両箱を盗む気になったんでしょうね」

寅蔵は疑問を投げかけた。

「金に困ったんじゃないか」

事もなげに菊之丞は答えた。

「でも、一生かかったって使い切れないんでしょ」

「それは、おれみたいにまじめな同心が慎ましく暮らしていれば、ってことだよ。酒、女、博打《ばくち》に身を持ち崩せば、千両どころか一万両あっても足りないさ。それにな、盗人なんて連中はまともな暮らし、地道に働くのが嫌で盗みを働いているんだぞ。飲む、打つ、買う……世の中、誘惑に事欠かないよ」

達観したように菊之丞は言った。

「すると、金がなくなったから、五年前にいい思いをした出雲屋に押し込もうということですか」

寅蔵の考えに、

「そうなんじゃないか」

菊之丞は考えるまでもないといった風だ。

「伝次郎さん、五年前、権兵衛はどのような手口で盗み出したのですか」

寅蔵は伝次郎に訊ねた。

宗太郎や吉五郎の下で権兵衛を追っていたゆえ、盗みの手口は知っているのだが菊之丞に聞かせるために敢えて問いかけた。

「権兵衛の奴、半年前から下働きの者として住み込んでいたのです。それで、機会を窺《うかが》い、錠前の蠟型を取り、鍵を用意して夜中に忍び込んだのです」

答えてから伝次郎は表に出た。菊之丞と寅蔵も続く。

「あの長屋に住み込んで、風呂焚《ふろた》きや飯炊きをしておりました」

伝次郎が指す先には、裏木戸に近い生垣に沿って立つ柿葺《こけらぶ》き屋根の平屋があった。

「そうでしたね。あっしも思い出しましたよ。ずいぶんと念の入ったことをやったもんだって、当時、宗太郎さまや吉五郎親分と話したもんです」

つい感慨深そうに寅蔵は言った。

「それが、権兵衛の手口だったのですか。他の盗みもそんな手口で行っていたのですか」

伝次郎も興味を抱いた。

「住み込むことまではしていなかったが、いつも入念な準備をしていた。目をつけた店の蔵の鍵を必ず用意していたな。それで、店の者が寝静まった頃に忍び入り、誰一人殺したり、傷つけたりせず、素早く盗みをしていた。盗む物も骨董の類《たぐい》は足がつくと思ったのか、一切手を出さなかった。いつも金子《きんす》だ。それも、大抵、百両か二百両だったな」

寅蔵は思い出すように視線を泳がせた。

すると菊之丞が、

「おいおい、それを早く言えよ。権兵衛は何処《どこ》の盗み先からも千両箱一つ、奪っていったと思っていたぞ」

と、批難《ひなん》めいた顔で寅蔵を見た。

「すんません」

寅蔵は詫《わ》びた。

伝次郎が、

「そうなのですか。では、うちで千両を盗んだというのは権兵衛にしては大仕事だったんですね」

と、改めて悔しさを滲《にじ》ませた。

「だから、それを潮に盗人稼業から足を洗ったんだろう。いや、今回の文を見る限りでは洗っていないが」

菊之丞は判断に迷っている。

「そうですよね」

寅蔵も小首を傾げた。伝次郎は南京錠を掛け、鍵を持って店に向かった。菊之丞は伝次郎の背中を見ながら、先ほどこちらを見ていた下男を探したが、既に男の姿はなかった。

「さあ、帰るか」

菊之丞は大きく伸びをした。

「ええ、でもどうすればいいのですかね」

寅蔵は困っている。

「まだ、盗みが起きたこともなければ、権兵衛の文は本物かどうかもわからんからな。どうしようもない」

「では、放っておかれるのですか」

「放っておくわけではないが、奉行所が何時《いっ》押し入るともわからん権兵衛に備えて待ち構えるわけにはいかんだろう」

「それは、そうですが、権兵衛は挑んできたのですよ」

それは放っておくことではないかと思い、寅蔵は心持ち大きな声になった。

「おい、そうむきになるな。おまえにすれば、親分の仇《かたき》の一件だ。なんとしても権兵衛をお縄にしたいのだろうが……それはおれも同じだ。権兵衛をお縄にすれば兄貴の供養になるからな」

菊之丞は焦るなとでも言うように寅蔵の肩を叩《たた》いた。

「では、伝次郎にくれぐれも警戒を怠《おこた》らないよう言っておきます」

寅蔵は気持ちを落ち着けようと大きく息を吸い込んだ。

戻ってきた伝次郎が、

「あの……どうすればよいのでしょう。蝮の権兵衛に盗みに入られたら……御奉行所でお守りくださいますよね」

伝次郎は苦悩の表情を浮かべた。

「守ったって盗まれるかもしれんな」

突き放すように菊之丞は言った、

「ええ……そんな」

伝次郎は口をあんぐりとさせた。

「盗まれたくなかったら引っ越せ。この家には悪相が表れている。黙って座ればぴたりと当たる、水野南北先生仕込みの観相だから間違いない」

菊之丞はお告げを下した。

「悪相ですか……でも、引っ越しはできません。先祖代々、この地で商いを続けてきたのです」

困惑し、伝次郎は言った。

「それはおまえの都合だ。とにかく悪相が表れている、災いから逃れるには引っ越しだな。くどいが、おれの観相は外れたことがない」

菊之丞はにんまりとした。

四

菊之丞は南町奉行所に戻ると例繰り方《れいくりかた》に足を運んだ。例繰り方とは南町奉行所で扱った、様々な事件を記録した御仕置裁許帳《おしおきさいきょちょう》を管理する部署である。菊之丞が入っていくと、しんとした静けさの中、難しい顔をした与力、同心が文机に向かっている。

その中の一人、武藤勝五郎《むとうまさごろう》の横に菊之丞は座った。例繰り方の生き字引と言われる練達の同心だ。

過去二十年に起きた事件を細大漏らさず記憶していると言われている。菊之丞が来るのは珍しいとあって奇異な目を向けられた。

「武藤さん」

菊之丞が声をかけると、書き物をしながら、「なんじゃ」と返してくる。

「芝の出雲屋に行ってきたんだ」

菊之丞は伝次郎から土産だと持たされた竹の皮に包まれた練羊羹を差し出した。武藤の顔が綻《ほころ》んだ。

「ほう、練羊羹か」

武藤は大の甘党である。

「どうぞ」

「そうか。では、遠慮なく」

武藤は笑顔で、小者に茶を持って来るよう言いつけた。

「で、用向きとは。まさか、羊羹を届けに来ただけではあるまい」

「そりゃそうですよ。どうしておれが武藤さんのご機嫌を取らなきゃならないんです」

　その通りなのだが口に出されると武藤は嫌な顔をした。それにも構わず、菊之丞は続ける。

「実は出雲屋について教えて欲しいんだ。五年前に蝮の権兵衛という盗賊が千両箱を盗み出したという一件だよ。生き字引の武藤さんならよく覚えているだろう」

「ああ、あの一件か。そなたの兄上が取り調べに当たられたのだったな。ちょっと、待ちなさい」

　武藤は立ち上がると部屋の隅に行き、書棚から一冊の御仕置裁許帳を持って来た。

「これだ、文政《ぶんせい》十年（一八二七）の神無月《かんなづき》」

　菊之丞は武藤から御仕置裁許帳を渡された。頁《ページ》が開けられ、やや黄ばんだ紙に取り調べの経緯が記されている。菊之丞は食い入るように読んだ。そのうち、茶が運ばれ、武藤は羊羹をうまそうに食べ始めた。

「なるほど、寅蔵が言った通りだ」

　盗みが行われた翌朝、出雲屋の金蔵の南京錠が外されていることがわかった。主人伝次郎と番頭の弥助《やすけ》で中を調べたところ、千両箱が一つ盗み出され、あとの物には手がつけられていなかった。

何故《なぜ》、それが蝮の権兵衛の仕業《しわざ》とわかったかというと、その手口の鮮やかさだった。

権兵衛は盗み先では決して人を殺したり、傷つけたりしない。常に、潜入先の店の内情を把握《はあく》し、金蔵の錠前の鍵を用意する。さらに、金蔵には蝮の絵が残されていた。これは、権兵衛が盗みに入った先で置いていく名刺代わりだった。

「蝮の権兵衛の二つ名の由来だな。それにしたって何故蝮の絵なんかを残しておくんだろうな」

菊之丞は羊羹を勧められたが、酒が不味《まず》くなると余計なことを言って断り、茶を飲むに留めた。

「蝮の絵を描く理由はわからん。蝮が好きなのかもしれん。ただ、その絵を残していくというのは、自慢というものかもしれんな」

武藤は羊羹の入った口をもごもごと動かした。

「自慢というと、このように鮮やかに盗んでやったぞ、と自分の盗みを誇っていたのか」

「そういうことだな。特に、権兵衛の場合、徒党を組まず、一人で盗みを働いていた。自分の盗みについて、相当に覚えがあり、矜恃《きょうじ》を持っていたに違いない」

「盗人でも沽券《こけん》があるのだな」

菊之丞は宗太郎を思い出した。宗太郎こそ、同心という仕事に誇りと情熱を持っていたのだ。

武藤は続けた。

「で、権兵衛の仕業と思われ、権兵衛を追うことになった。ところが、出雲屋の下働きの男が一人、姿を消したことがわかった」

「それが、常吉《つねきち》という男ですか」

菊之丞は帳面に視線を落とした。常吉は芳町《よしちょう》の口入屋万屋《よろずや》からの斡旋《あっせん》で、盗みが起きた半年前から出雲屋に住み込みで働くようになったのだった。まじめな働き者、無口であまり人付き合いはなかったという。

「で、この常吉こそが権兵衛に違いないということになったのだな」

「そうだったな」

「半年前から住み込みで出雲屋で働くとは、かなり入念に準備をしたものだな。権兵衛は他の盗みもこのように住み込んでいたのか」

寅蔵の記憶を疑うわけではないが、何せ大雑把な性格の上に五年前のことだ。念には念を入れた方がいいと思い、生き字引の武藤に確かめた。

「さあ、そうした記録はないな」

よほど羊羹を気に入ったのか武藤は何冊か裁許帳をひっくり返し、権兵衛が関係したと考えられる盗みの記録を追った。

「やっぱり、見当たらないな」

武藤は断じた。

「すると、やはり、出雲屋だけか」

菊之丞は小首を傾げた。

「だが、権兵衛はその後、ぷっつりと姿を消した。二度と盗みはしなくなった。おそらく、出雲屋の盗みを最後の仕事と決めていたんだろう、と、当時は考えられた」

「最後の仕事と決めていたから、入念に手ぬかりなく準備を進めた。盗んだのもこれまでとは比べものにならない千両という大金だった。そういうことだな」

菊之丞が確認すると、武藤は羊羹を頬張ったばかりであったため、言葉を発することができずにうなずくのみだった。

「ああ、そうだ。では、人相書きが作成されただろう。なにせ、常吉という下働きとして半年も出雲屋にいたのですから、いくら人付き合いがあまりなかったとは言え、人相は店の者たちに知られていたはずだものな」

武藤はうなずくと羊羹を飲み込んで立ち上がり、

「そうじゃ。ちょっと、待て」

奥の書庫に入って行った。

菊之丞は大盗賊蝮の権兵衛について宗太郎がどのような思いを抱いていたのか知りたい。が、叶《かな》わぬことだ。

やがて、武藤が戻って来た。

「これだ」

武藤は埃《ほこり》を口で吹き飛ばし菊之丞に手渡した。

「これが、蝮の権兵衛か」

人相書きに記された蝮の権兵衛は冴えない中年男だった。眉が細く、頼りなさそうなたれ目、丸みを帯びた鼻、太い唇をしている。言葉を交わしても印象が残らないような平凡な男であろう。

上州《じょうしゅう》の天田村で安永二年（一七七三）に生まれとある。出雲屋で盗みをしたのは五十五、今年で六十歳の還暦を迎えた老盗賊だ。

「ま、盗賊という者、目立たぬのが一番。案外とこういう風采の上がらない、凡庸な男が多いのかもしれんぞ」

「そうかもしれんな。で、この人相書きをもとに権兵衛の行方を追ったのだな」

「そうじゃ。宗太郎殿も熱心に追っておられた。岡っ引なども使ってな」

菊之丞は権兵衛の人相書きを借り、例繰り方を後にした。

五

その日の晩、菊之丞と寅蔵は薬研堀にある江戸富士《えどふじ》で一杯やった。

寅蔵の女房、お仙《せん》が営んでいる縄暖簾《なわのれん》である。間口三間《けん》の二階家で二階は寅蔵夫婦の住まいだ。

腰高障子には江戸富士の屋号と富士山の絵が描かれている。風通しを良くするため、腰高障子が開けてあった。

菊之丞と寅蔵は小机で腰掛代わりの酒樽に腰を下ろした。暮れ六つ（午後六時）になり、店内にはぽつりぽつりと客が入ってくる。職人、行商人などで侍は菊之丞くらいだが、八丁堀同心に違和感を抱く者はいない。

「酒は冷やでいい。それとうどんをくれ」

菊之丞が陽気に声を放つとお仙は笑顔を返し、料理場に入った。大坂暮らしで菊之丞はうどん好きになった。江戸では美味いうどんが食べられないと諦めていたのだが、江戸富士のうどんが思いの外《ほか》いける。

江戸富士のうどんは菊之丞が好きな上方の昆布出汁《だし》なのだ。お仙が上方風のうどんを作るのは大坂の生まれだからだ。

お仙の父親は大坂の旅芸人だった。母親はお仙が十の時に亡くなり、それ以来父親と一緒に旅回りをした。お仙は一座の賄《まかない》を手伝う内に上方風の味付けを覚えた。

父親が江戸で興行中に倒れ、そのまま息を引き取ったそうだ。お仙が十八の時だった。父親のために薬種の世話をしたのが寅蔵という縁で所帯を持ったのである。

「さっき、武藤さんから預かってきた」

菊之丞は蝮の権兵衛の人相書きを小机に置いた。

「ああ、こいつでしたよ」

寅蔵は人相書きを手に取り、記憶の糸を手繰《たぐ》るように目を細めた。

「案外と冴えない男だったのだな」

「ええ、とっても大盗人には見えませんよ。でも案外、こういう男が……」

寅蔵が武藤と同じような話を展開しようとした途中に、お仙が酒とうどん、それに味噌田楽を持って来た。

「おお、美味そうだな」

菊之丞は話を中断し、いや、すっかり忘れて湯気を立てているうどんの椀を抱えるようにして持ち、熱いのをものともせずにすすり上げた。

あっという間にうどんを平らげてから、

「蝮の権兵衛は今年還暦だぞ」

菊之丞は権兵衛に話を戻した。

「そんな老盗賊がなんだって盗みを行う気になったんでしょうね」

改めて寅蔵は疑念を深めた。

「だから、言っただろ。金を使ってしまって、暮らしぶりが立ち行かなくなったんだよ。悪銭身につかず、だ」

味噌田楽を頰張り、菊之丞は、「あちち」と顔を歪めた。熱々のうどんは平気なのに妙だと寅蔵は思いながら疑問を口に出した。

「わざわざ、町奉行所や出雲屋伝次郎に報せるというのはどういうことでしょうね」

菊之丞は猪口《ちょこ》を口に宛がったままぼんやりとした顔つきになった。

「たしかにおかしいな」

さすがに菊之丞も疑念が胸をついたようだ。

「そうでしょ。どうしてでしょう」

「わからん。権兵衛本人に聞くしかあるまい」

菊之丞は猪口をあおった。

「ところで、こんな詳しい人相書きがありながら、どうして権兵衛は捕まらなかったんだ。おまえ、懸命に探索したんだろうな。手を抜いていなかったか」

菊之丞に言われ、寅蔵はむきになって言い返した。

「そりゃないですよ。あっしも吉五郎親分も、もちろん宗太郎さまも必死でしたよ。

人相書きを手に、足を棒にして芝界隈《かいわい》どころか江戸中を探したんです」

「わかったわかった。悪かった。おれの言葉が過ぎた」

反省の言葉とは裏腹に菊之丞は酒と味噌田楽のお替わりを頼んだ。

「ですが、さっぱり行方が摑《つか》めなかったんですよ。火付け盗賊改め方にも助力を頼んで、かなり大がかりな探索になったんですがね……権兵衛の奴、煙のように消えてしまった。盗みの手口も鮮やかなら、逃げるのも見事だと、口さがない連中が言っていましたよ。蝮だけに冬眠したのか、なんて軽口を叩く者もいて。冬眠とすりゃ、長い冬眠から目が覚めたってことですかね」

しんみりとした口調になった寅蔵に対して、

「そうだな」

菊之丞は生返事を返すのみで鯵《あじ》の天麩羅《てんぷら》に関心を向けている。

「五年前に盗みに入った出雲屋をもう一度狙う。しかも、それを堂々と予告する。あまりに大胆ですね。とても六十の老盗賊がやることとは思えないですよ」

寅蔵は猪口を重ねた。すると、寅蔵の箸《はし》が止まった。いぶかしむ菊之丞に、

「これは、ひょっとして」

寅蔵は頰を紅潮させた。

「どうした」

「これは、蝮の権兵衛の狂言なんですよ」

「狂言？」

「そうです。つまり、出雲屋に盗みに入るぞ、と思わせておいて本当の狙いは別にあるんですよ」

寅蔵は自分の考えと酒に酔っているのか、真っ赤な顔だ。

「そうかな……」

菊之丞は同意しない。

「違いない。わざわざ、五年前の一件を蒸し返し、町奉行所の目を出雲屋に引きつけ、その隙《すき》を狙って別の商家に盗みに入るって魂胆です」

「だとしたら、どうすることもできん。江戸中の店を見張ることなど、とてもできんからな」

菊之丞は落ち着いた物言いをした。寅蔵は水をかけられたように、

「それもそうですね」

再び、箸を動かした。

六

ところが、事態は一気に動き出した。

出雲屋伝次郎の下に蝮の権兵衛から書状が届いたのである。報せを受けた菊之丞と寅蔵はただちに駆けつけた。母屋の客間に通された二人に、

「どうぞ、ご覧くださいませ」

伝次郎は書状を差し出してきた。顔色が悪く落ち着きを失くしている。その表情を見ただけで、書状にただならないことが記されていることがわかる。菊之丞は寅蔵に先に読むよう促した。書状に視線を落とした寅蔵の表情も険しくなった。

「大胆不敵な」

寅蔵は怒りで顔を赤らめ、菊之丞に書状を手渡した。菊之丞も素早く目を通した。蝮の権兵衛は大胆にも出雲屋に押し入る日を報せてきたのだ。

「水無月五日の晩、千両箱をもらいに行きます。蝮の権兵衛」

菊之丞は声に出して読み上げた。末尾には蝮の絵が描かれている。読み上げると、伝次郎は恐怖心がこみ上げたのか唇を震わせた。

「五日ってことは明日じゃないか」

寅蔵はわかり切ったことながら大声を出した。

「とにかく、お役人さま、どうぞ、お守りください」

伝次郎は両手を合わせた。

「ああ、任せておくんなさい」

寅蔵は自信たっぷりに胸を張った。菊之丞は浮かない顔だ。

「どうかなさいましたか。十手に懸けて権兵衛を捕まえてやりましょうよ」

寅蔵に言われても、菊之丞の胸には次々と疑念が浮かんで乗り気にならない。

「はげ寅、ちょっと」

菊之丞は寅蔵を縁側に連れ出した。

庭には涼風が吹いているが縁側は陽だまりとなって温まっていた。足の裏がほんわかと温まり日向《ひなた》ぼっこには丁度いい。

菊之丞は寅蔵の耳元で囁《ささや》いた。

「どうして、予告状なんか送ってきたんだろうな」

「さあ……」

「どうも気になるな」

「それは、そうですけど、盗みに来ると言ってきている以上、何もしないわけにはいかないですよ」

「そりゃそうだがな」

どうも合点がいかない、と菊之丞は繰り返した。

「あんまり深く考えない方がいいですよ」

寅蔵はいつもの大雑把なものだ。

「馬鹿、考えないでどうする。盗みに入る日を予告までするというのは深いわけがあるとしか思えん。まさか、蝮の権兵衛は捕まりたいわけではあるまい」

菊之丞の真剣な顔つきに寅蔵は唸《うな》っていたが、

「ひょっとして、そういうことかもしれませんよ」

「そういうことって、捕まりたいということか」

「そうですよ。蝮の権兵衛は出雲屋の盗みを花道にしたいんです。自分の盗人人生の幕引きを考えているんじゃないですか」

「幕引きなら五年前にしたんじゃないのか」

どうも、しっくりこない。

「だから、南町奉行所に挑み、見事、あっしらの鼻を明かすか、それとも捕まるんならいっそのこと派手な捕り物の末お縄になるって考えたんじゃないですかね」

寅蔵は話しているうちに自信を抱いたようで大きな声になった。

「そんなことするのかなあ」

菊之丞は首をひねるばかりである。

「しないとも断定できませんよ」

寅蔵はむくれたような顔をした。

「納得はできんが、ともかく対策は打たなければならんな」

菊之丞は寅蔵と共に客間に戻った。

「あの、これからどのようにすれば」

二人を待ちかねたように伝次郎がおずおずと聞いてきた。

「早速、奉行所に手配し、明日の晩と言わず、今日から屋敷内を警固するから安心しろ」

菊之丞は伝次郎を安心させようと笑顔を送った。伝次郎はそれでも不安が去らないのか、顔をくもらせたままである。と、そこへ、

「旦那さま」

障子越しに男の声がした。伝次郎は菊之丞と寅蔵に頭を下げ、縁側に出た。障子に日が差し、伝次郎と小僧の姿が影絵のように映った。すぐに伝次郎が狼狽《ろうばい》しているのがわかった。

果たして、

「お役人さま。大変でございます」

伝次郎は顔を歪め飛び込んで来た。手には瓦版を握り締めている。伝次郎は息を荒げ、瓦版を差し出してきた。菊之丞と寅蔵が受け取り読んでいる間にも、

「権兵衛の奴、読売にまで出雲屋から千両を盗みに入ると、しかも五日の晩だとまで報せていたのです。まったく、なんの恨みがあって」

伝次郎は早口に言い立て、時折悔しそうに畳を叩いた。

読売には権兵衛が五年前に千両箱をいただいた出雲屋から今回も千両箱をもらいに

行く。それも、五日の晩にもらうと予告してある。

さらに、権兵衛は出雲屋伝次郎にも予告の文を送ってやった、南町奉行所にも予《あらかじ》め報せておいたからきっと警固を厳重にしているはずだ、だが、自分は千両を盗んでみせると大言壮語している。

五日の晩はさぞや面白かろうと記事は結んでいた。

「権兵衛の奴、舐《な》めた真似《まね》しおって」

寅蔵もさすがに奉行所を愚弄《ぐろう》する行いだと怒りを隠さない。

「なんのためにこんなことを。まるで、見世物だ」

菊之丞は権兵衛に対する疑念が深まるばかりである。

「こうなったからには、十手持ちの沽券にかけて権兵衛には千両箱に指一本触らせない。いや、必ず、権兵衛をお縄にしてやる」

寅蔵は息巻いた。

「明日の晩、野次馬が群れを成すだろうな」

菊之丞が言うと、

「そうか、そういうことか。権兵衛の奴、それを狙っているんですよ。野次馬が群れる。その野次馬に紛《まぎ》れて出雲屋に押し入ろうという腹積もりなんじゃないですか。そうだ。これで、わざわざ盗みを予告したこともわかる。野次馬で混乱する中、隙を突こうって腹ですよ」

寅蔵の自信たっぷりな態度に伝次郎も納得するようにうなずいた。

「だから、明日の晩は、南町奉行所の総力を挙げて守る。だが、万が一ということもあるからな。今日から、金蔵を警固するよう手配するよ」

菊之丞は請け負った。

「そうしていただけると、心強うございます」

伝次郎はやっと安堵《あんど》の表情を浮かべた。

菊之丞はどうしても疑念が胸を去らなかった。

七

「よし、ともかくおれは奉行所に戻るよ」

菊之丞は奉行所に警固の手配に向かった。その間、万が一を考慮し寅蔵が一人残ることになった。

寅蔵は五年前の権兵衛の手口を思い浮かべた。半年間住み込んで出雲屋を内偵し続けたのだった。ひょっとして今回も同じ手法を使うのか。

「今、住み込みで働いている者は誰ですか」

寅蔵が聞くと伝次郎は視線を泳がせながら、

「ええっと、手代《てだい》が四人、小僧が五人、女中が三人、下男が二人です」

「下男の二人はいつから勤めているのです」

「一人はもうかれこれ三十年になります。もう一人は先月からですが」

伝次郎の顔に不安なものが浮かんだ。

寅蔵は障子を開け縁側に出た。伝次郎もついて来た。庭の隅にある風呂場の前で薪《まき》を割っている男がいる。歳の頃は六十くらいだ。金蔵を見回った際、井戸の水を汲みながら菊之丞たちを窺っていた男だ。

頬かむりした手拭から覗《のぞ》く顔は醜く焼け爛《ただ》れている。面相はわからないため、人相書きの常吉と同一人物なのかはわからない。

「あの男が先月から雇い入れた下男ですね」

「はい。藤兵衛《とうべえ》といって先月芳町の口入屋万屋さんからの斡旋で働くようになったんです」

「そうですか。で、もう一人は」

「三十年前から雇っている男で半吉《はんきち》というのですがね、なにしろ父の代から雇っておりますので、もうかなりの歳で、七十になりますすか」

どうやら、温情で住まわせてやっているようだ。最近は病がちで実際の仕事はもっぱら藤兵衛という男が行っているようだ。

「小僧たちは店の二階で寝泊り、手代たちは屋敷内の長屋に住んでいます」

小僧も手代もみな身元確かな者ばかりだという。

蝮の権兵衛は今年六十歳。該当する者は藤兵衛しかいない。しかし、面相はともかく、五年前に見かけた常吉とは背格好が違う。人違いだ。伝次郎だっていくら顔が焼け爛れていても常吉ならわかるだろう。

寅蔵は障子を閉め、思案にくれた。

「あの、わたくしはどのようにすれば」

伝次郎は情けない声を出した。

「普段通りにお店で仕事をしていてください」

「親分さんは」

「あっしは、屋敷内を見回ります。昼の日中、権兵衛と言えど、盗みに入るようなことはないでしょうが、気をつけています。間もなく、奉行所から応援が駆けつけるでしょうが、それまでは、あっしが」

「そうですか。どうぞ、よろしくお願い申し上げます」

伝次郎は頭を下げ店に向かった。

一時ほどが過ぎ、寅蔵は縁側に出て庭を眺めやった。藤兵衛は粗末な黒地の着物にへこ帯を締め、手拭を鉢巻に頭に巻いて鉈《なた》を振るっている。黙々と脇目もふらずといったまじめな勤務振りだ。

藤兵衛は鉈を脇に捨てた。一休みといったところか。きょろきょろと周囲を見回した。寅蔵は横を向いて客間に入り、障子を閉めた。

そして、障子をわずかに開け、藤兵衛の様子を窺う。

周りの目がないことを確認した藤兵衛はやおら立ち上がると、生垣に沿って建てられている蔵に歩いて行った。思わず、寅蔵の視線が吸い寄せられる。だが、藤兵衛は寅蔵が見ていることに気づかないのだろう。脇目も振らず、足早に炭蔵の海鼠壁の前に立った。

（なにをする気だ）

思わず身を乗り出した。が、次の瞬間、寅蔵は呆気《あっけ》に取られた。

藤兵衛は壁に向かって立小便を始めたのだ。

（あの男、妙な真似を）

寅蔵がいぶかしむのも当然だ。厠《かわや》はすぐ側《そば》なのだ。嫌がらせか。伝次郎や出雲屋に不満や恨みがあり、その腹いせのつもりだろうか。それとも、性質の悪い悪戯か。

藤兵衛は小便を終えると壁に向かって土をかけた。寅蔵はその犬のような仕草に苦笑した。藤兵衛は小便を終えると再び薪を割り始めた。

だが、藤兵衛の奇矯《ききょう》はそれで納まったわけではなかった。

藤兵衛は薪を割り終え、風呂場の窯《かまど》の前に運ぶと、妙にうれしそうな顔をした。一仕事を終えることができた安堵の表情かと思っていたが、そうではなかった。

藤兵衛は稲荷に向かった。

神頼みでもするのか。

障子の隙間から覗いていると、藤兵衛は鳥居を潜《くぐ》り祠《ほこら》の前に立った。一応拍手《かしわで》を打ち、両手を合わせたと思ったら、祠にひょいと右手を伸ばした。

（なんだ）

藤兵衛はお供えの油揚げを摑み出した。そして、ニヤニヤ笑うと口に入れむしゃむしゃと食べ始めた。

寅蔵は背筋に寒気が走った。

（一体、何者だ）

ひょっとして狂人だろうか。だが、普段の仕事ぶりはまじめだという。戸惑っていると、どやどやと足音が近づいてくる。藤兵衛は何食わぬ顔で風呂場に向かった。

そこへ、

「おう、待たせたな」

菊之丞が大手を振って裏木戸からやって来た。小者が四人従っている。みな、着物を尻はしょりにし股引《ももひき》を穿《は》いて鉢巻をしていた。手には袖搦《そでがらみ》、突棒《つくぼう》や刺股《さすまた》を持って、捕り物出役といった形だ。

「今日のところは、これくらいしか集められなかったが、明日の晩にはもっとごっそりと集めてやるからな」

菊之丞は腕まくりをし、目を大きく見開いた。捕り物となると異常な張り切りぶりだ。

「なんか、変わったことはあったか」

菊之丞は寅蔵に問いかけた。

藤兵衛のことを話そうかと迷ったが、事態を混乱させるだけだし、菊之丞の突飛な観相が披露されるのを危ぶみ、寅蔵は胸の中に仕舞っておいた。

「特にはございませんでした」

と、返事をしたが、

「おい、隠し事をしているな。寅はな、嘘をつく時は不自然に大きくて明瞭《めいりょう》な声になるんだよ」

菊之丞は見逃さなかった。

菊之丞に誤魔化《ごまか》しはできないと反省と共に詫びてから、寅蔵は藤兵衛という奇妙な奉公人について話した。

「そいつは、面白そうだ」

菊之丞も興味を抱いた。

「でも、権兵衛……つまり、常吉とは別人ですがね」

遠慮がちに寅蔵は言い添えた。

「他に変わったことはないか」

「特には……」

「そうだろうな、昼の日中にいくら蝮の権兵衛でも盗みになんか入らないさ」

菊之丞は十手を抜いて頭上にかざした。

「権兵衛は野次馬に紛れるつもりなんでしょうか」

寅蔵が確かめると、

「ま、どんな手口でこようが、おれがお縄にしてやるまでさ」

菊之丞は自信を示してから伝次郎を探した。

母屋の縁側で伝次郎を捉まえ、

「番頭から話を聞きたいんだがな」

と、頼んだ。

「番頭は弥助という男でございます。うちに奉公して三十年になるんですが、あいにく風邪をひいて今日は休んでいるんです……まさか、早瀬さま、弥助をお疑いですか。権兵衛は常吉だったのでは……」

伝次郎は訝《いぶか》しんだ。

「権兵衛に盗みに入られてからも奉公しているってことは権兵衛のはずはないさ。弥助には常吉について聞きたいんだ」

菊之丞が返すと伝兵衛はほっとしたように弥助の住まいを教えた。

八

菊之丞は捕方に出雲屋の警固を任せ、古参の奉公人、番頭の弥助を訪ねることにした。

出雲屋から程近い、長屋の一軒の前に立ち、

「ごめん、開けてくれ」

菊之丞は戸を叩いた。

間もなく、髪が白い、枯れ木のように痩《や》せ細った男が姿を現した。弥助は菊之丞の巨体に驚いたが、その格好から八丁堀同心とわかったようだ。

「弥助さんだね」

菊之丞の問いかけに弥助はうなずくと、「どうぞ」と腰の曲がった身体で菊之丞を奥に導いた。四畳半の板敷きの真ん中には布団が敷かれ、この暑いのに火鉢が枕元に置いてある。弥助は、「すぐに片付けます」と恐縮しながら布団を部屋の隅に寄せ、枕屏風《まくらびょうぶ》で隠した。

「身体の具合が良くないのにすまない」

菊之丞の気づかいに、

「いいえ、お気づかいなく。それに、もう、長くありません」

弥助は歯が抜け、よく聞き取れない言葉で返した。菊之丞は上がり框《がまち》に腰かけ、

「出雲屋に奉公に上がってもう三十年になるのだな」

「はい、いつのまにか……。先代の旦那さまの頃からでございますので」

「訪ねたのは五年前の盗みの一件を聞きたくてね」

「ああ、蝮の権兵衛の一件ですか」

弥助は、「古い話ですね」とつぶやいた。

「権兵衛は出雲屋に住み込みで働いていた下男だったろ」

「ええ、そうでした」

「どんな男だった」

菊之丞は弥助が思い出しやすいように、懐中から常吉こと権兵衛の人相書きを取り出して見せた。弥助は目を細め、じっと視線を凝《こ》らしていたが、

「ああ、この男でした。まじめな働き者だったのですよ」

「まじめな働き者か」

「ええ、ですから、この男が有名な盗人と聞いて驚いたのなんの」

弥助は歯が抜けた口を大きく開けた。

「では、普段は怪しげな素振りなどはしなかったのだな」

「ええ、まったく気づきませんでした」

弥助は心底心当たりがないようだ。

「話は変わるが、藤兵衛という男はどうだ。まじめな男との評判だが」

「ええ、まじめに働いていますよ。あっしが教えた通り、きちんと仕事をやります」

「そうか」

菊之丞はしばらく思案した。寅蔵から聞いた奇矯な行動が気になる。炭蔵の海鼠壁に立小便をしたり、稲荷の祠から油揚げを盗んで食べたことだ。

「いかがなさいました」

「うん、実はちょっと気になることが」

菊之丞は先ほど寅蔵が見かけた藤兵衛の奇矯な行いを語った。

「そうですか、今日はそんなことを」

弥助は考え込むようにうなずいた。

「すると、あんたも藤兵衛の奇矯な振る舞いを見かけたことがあるんだな」

「ええ、夜更けなんですがね」

「夜更け……」

「藤兵衛は住み込みなんですが、帳尻を合わせるのに手間がかかりましてね、帰りが遅くなったんです。そんで、帰りがけに厠に行ったんですよ。そうしましたらね、藤兵衛の奴、稲荷の鳥居の下でなんかごそごそやってるんですよ」

「ほう、一体何を？」

「よくわかりませんでした。あっしが用を済ませるともう、稲荷にはいませんでしたからね」

「そのことを、藤兵衛に聞いたのかい」

「はい、翌朝に。そうしましたら、藤兵衛の奴」

弥助は苦笑を浮かべた。

「どうしたんだ」

「ええ、って驚いた顔をしましてね。またやらかしてしまったかって」

藤兵衛は自分の行いを覚えていなかったという。ただ、以前から夜中に徘徊《はいかい》する妙な癖があって、そのために出雲屋に勤める前の店も薄気味悪いという評判が立ち、暇を出されたのだという。

「すると、病ということか」

「そのようですよ。ですから、あっしもとがめだてはしませんで、それどころか、同情してやって旦那さまには言わないでいるんです」

「藤兵衛はその後も夜中に徘徊をするのか」

「ええ、毎晩ってわけじゃありませんが。ま、気の毒な奴ですよ」

弥助は人の好さそうな笑みを広げた。

「わかった。すまなかったな」

菊之丞は弥助の家から出た。

水野南北の下で修業していた頃、大坂の蘭学者から聞いたことがある。夜中に寝てから無意識に周囲を徘徊する病があるそうだ。

藤兵衛もその病なのだろうか。

だとしても、昼間の行動はどういうことだ。意識ははっきりしていたはずだ。あれも病なのか。菊之丞は考えあぐねた。いずれにしても怪しげな男である。目を離さない方がいい。


出雲屋に戻り、寅蔵に語りかけた。

「今回の盗人、本当に蝮の権兵衛なのかな」

「違うっておっしゃるんですか」

「蝮の権兵衛を騙る者かもしれないぜ」

菊之丞は藤兵衛のことを念頭に置いた。藤兵衛はどう見ても常吉ではない。

「まあ、考えられなくはないが、がっちりと警固をしていれば、どんな盗人がこようと心配ないさ」

菊之丞は自信満々である。

五日の暮れ六つ（午後六時）を迎えた。

出雲屋の周りは危惧《きぐ》されたように野次馬が群れ出した。寅蔵は小者と一緒に店から遠ざけていたが、時が経てば再び群れ始める。

「もう、いい。とにかく、中を固めるぞ」

菊之丞は警固の連中に声を放った。

十人を超す小者が集められた。伝次郎はおろおろと視線を彷徨《さまよ》わせている。

「あの、わたくしは、どうすれば」

「寝間に入って、早めに休め」

菊之丞はおれに任せておけと胸を叩いた。店は閉められ、奉公人たちも早めに寝ることになった。菊之丞は母屋の客間で警固の指揮を執った。菊之丞も寅蔵も鉢巻に襷掛《たすきが》けをし、いつでも捕り物に出役できるよう備えた。

小者たちは、屋敷内を巡回した。

「よし、来るなら来やがれ」

寅蔵は腕が鳴るとやたらと両手をぐるぐると動かしている。

菊之丞も捕方を叱咤《しった》したがどうも引っかかる。何故今になって老盗賊蝮の権兵衛はかつて自分が盗みを働いた出雲屋に押し入るのか。どうして、それを予告するのか。

その狙いは何か？

考えれば考えるほどわからない。

それと、藤兵衛である。

あの奇矯な行動。弥助の話では病ということだが、果たして病であろうか。病でないとしたら、藤兵衛の奇矯な行動は何を物語るのか？

菊之丞は思案を続ける内にぼんやりとした考えが形作られた。

そうだ、藤兵衛は蝮の権兵衛の弟だとしたら……。

兄がかつて盗みを行った出雲屋を狙うのも、権兵衛と関係者しか知らない蝮の絵柄も弟ならば知っていてもおかしくはない。兄の権兵衛の名を使い、隠れ蓑《みの》にした。

一連の奇矯な行動は出雲屋の鍵を盗むことから目を逸《そ》らすことが目的で行ったので

はないか。

時は過ぎ、夜九つ（午前零時）となった。

さすがに、野次馬たちの群れは潮を引くようにいなくなる。

「これからだぞ」

菊之丞は縁側に出た。生垣に沿って高張提灯《たかはりちょうちん》が立てられ屋敷内を照らしている。

夜風が寂しげに木々の枝を揺らす。

庭に出ると菊之丞は小者を集め金蔵に集結させた。

「いいか、これから、夜明けまでが勝負だ」

菊之丞は小者を前に叱咤した。金蔵の四方を小者がとぐろを巻くように固めた。菊之丞は自ら戸口の正面に仁王立ちになった。寅蔵には、

「おまえは、念のためだ。母屋から庭を見張れ。怪しい男がいたらすぐに呼ぶ子を鳴らすんだぞ」

と、言い、菊之丞は母屋の縁側に戻った。

それから、一時あまりが過ぎた。菊之丞は長屋に視線を凝らした。今晩も藤兵衛は奇矯な行動に出るのだろうか。出るとしたら、どのような振る舞いをするのだろう。

かりに、金蔵に行ったところで、どうしようもできないだろう。

やがて、藤兵衛が出て来た。

藤兵衛はおぼつかない足取りで稲荷の方に歩いて行く。菊之丞は縁側を下り、躑躅《つつじ》の茂みの陰から様子を窺った。高張提灯が藤兵衛の姿をぼんやりと浮かび上がらせる。

藤兵衛は鳥居の下で腹ばいになった。そして、なにやらごそごそやっていると思ったら、犬のように土を掘り始めた。異様な光景だ。

常軌を逸しているのか。

いや、ひょっとして、あの中に金蔵の鍵があるのか。

菊之丞は見定めようと息を殺した。すると、母屋から人影が近づいて来た。人影は藤兵衛に向かって行く。右手に鈍く刃物が光った。菊之丞は大刀を抜き、飛び出した。

だが、菊之丞が到着する前に人影は藤兵衛に向かって刃物を振り下ろした。

と、藤兵衛は間一髪、刃物を避けた。その動きは意外なほどに俊敏だった。

「畜生！　くたばれ！」

人影は雄叫《おたけ》びを上げ、刃物を振り回す。菊之丞は人影の前に立ち、大刀を横一閃《いっせん》にさせた。刃物は空を飛び、池の中にぽちゃりと沈んだ。

「畜生！」

喚《わめ》き騒ぐ人影の顔が高張提灯に照らされた。

出雲屋伝次郎だった。

「お役人さま、こいつは盗人ですよ」

伝次郎は菊之丞に気づいた。すると、菊之丞の背中で、

「違います。あっしは盗人じゃありませんし、この男は人殺しですよ」

藤兵衛が言った。それは、しっかりとした物言いだった。いぶかしむ菊之丞に藤兵衛は鳥居の下を掘るよう要請した。伝次郎はへなへなとその場に座り込んだ。

「この下には……」

菊之丞は藤兵衛を見た。

「五年前に出雲屋で働いていた下男、常吉の亡骸《なきがら》が埋まっていますよ」

藤兵衛は答えた。

菊之丞は呼ぶ子を鳴らす。呼ぶ子の甲高《かんだか》い音が夜空を震わせた。すぐに、どやどやと地響きがし寅蔵と小者が五人やって来た。

寅蔵は地べたに座っている伝次郎を見て言葉を飲み込んだ。

「詳しい話は後だ。とにかく、ここを掘れ。掘れば、全てがはっきりする」

菊之丞に言われ、寅蔵は半信半疑ながらも小者と一緒に掘り始めた。

小者は半時ほど奮闘し、

「髑髏《しゃれこうべ》が出てきました」

という声が聞かれた。

「誰の亡骸ですかね」

寅蔵は菊之丞に聞いてきた。

「五年前、出雲屋で下男をしていた常吉の亡骸だ」

「ええ！　ということは、蝮の権兵衛か。権兵衛はここで死んだのか？　じゃあ、死んだ権兵衛が盗みを予告してきたのか」

寅蔵はさかんに首を横に振った。混乱の極致といったありさまだ。

「馬鹿、権兵衛が予告をしてきたんじゃねえよ。こいつだよ。こいつが権兵衛の名前を騙った張本人なのだ」

菊之丞は土まみれになった藤兵衛を指差した。藤兵衛は頭を下げ、

「あっしがお騒がせしました」

と、認めた。

九

翌日の晩、菊之丞と寅蔵は江戸富士で酒を酌《く》み交わした。

「思いもかけない事件だったな……。ま、ともかく一件落着だ」

恵比寿顔《えびすがお》の菊之丞に対し、寅蔵は浮かない面持ちだ。徳利《とっくり》が何本か空になっている。

「あの、藤兵衛が吉五郎親分だったとは……あっしは恩人がわからなかった」

寅蔵は自分を責めた。

「寅、くよくよするな。吉五郎だって伝次郎がお縄になって喜んでいたぞ。それにな、吉五郎は藤兵衛として出雲屋に潜り込むために自分の顔を焼いたんだ。執念だな。その執念の甲斐あって伝次郎にも見破られなかったんだ。寅がわからなかったのも無理ねえさ」

日頃の毒舌とは打って変わった菊之丞の慰《なぐさ》めに、寅蔵は戸惑いと有難味《ありがたみ》を感じた。

藤兵衛こと吉五郎は五年前、宗太郎の岡っ引として出雲屋の盗難事件を探った。宗太郎は権兵衛が出雲屋を襲ったことに疑念を持っていたという。

というのは、蝮の絵柄だった。それまでに盗みの現場に残されていた蝮の絵とは図柄が違っていたのだ。

だが、当時の与力たち上層部は蝮の権兵衛捕縛を火付け盗賊改め方と競い合っていたことから、権兵衛の仕業と断定し、宗太郎の疑念に耳を貸そうとはしなかった。

吉五郎も疑念を抱きながらも権兵衛を追った。

誤った人相書きをもとにである。

常吉は出雲屋伝次郎に殺されたのだから、常吉を基に作成された権兵衛の人相書きで追ったところで、権兵衛が捕えられるわけがなかったのだ。

そんな日々、権兵衛の犯行に疑問を感じた吉五郎は岡っ引を辞めた。それが、先月、吉五郎に蝮の権兵衛から連絡があったのだという。

権兵衛は死の床にあった。

権兵衛は吉五郎に自らの罪を告白した。ところが、出雲屋の盗みだけは断固として自分の仕業ではないと言い残したのだ。そこで、吉五郎は権兵衛と思われた下男に目をつけた。そして、藤兵衛として出雲屋に潜り込み、南町奉行所を引き込んで出雲屋伝次郎の罪を暴こうとしたのだった。

奇矯な行動は、自分に菊之丞の目を向けさせるためだったという。

出雲屋伝次郎は御禁制の抜け荷を行っていた。それを常吉に知られてしまった。そこで、伝次郎は常吉を殺し、当時評判の蝮の権兵衛が盗みに入ったと狂言を企んだのだった。

「おっしゃったように吉五郎親分の執念、それに宗太郎さまへの供養の思いが実ったんですね」

感慨深そうに寅蔵は言った。その言葉は菊之丞の胸にも深く沁《し》み渡った。

「伝次郎に出雲屋は悪相が表れているから引っ越せと言ってやったんだが、あいつは先祖代々同じ土地で商いをしているから引っ越せないと抜かしやがった。引っ越せなかったのは先祖のためじゃなくて常吉の亡骸を埋めていたからだったんだな」

菊之丞は鼻で笑った。

猪口に入った酒を飲み干し、

「兄貴のいい供養になったぜ」

と、静かに宗太郎の冥福を祈願した。

翌日、菊之丞は南町奉行所の同心詰所に吉五郎の来訪を受けた。

吉五郎は黒紋付の羽織を着、黒地の小袖を着流し月代《さかやき》、髭《ひげ》をきれいに剃《そ》っていた。

改めて見ると、決して大柄ではないが、筋肉質のがっしりとした身体だ。

「やっぱり、出雲屋の一件は蝮の権兵衛の仕業じゃござんせんでしたね。宗太郎さまの推量通りでした。今回、弟の菊之丞さまの手で真の下手人がお縄になったのは縁を感じますし、宗太郎さまへの何よりの供養だと思います」

　吉五郎はお辞儀をした。

「吉五郎さんのおかげであの世の兄も喜んでいるさ」

　菊之丞は穏やかな笑みを浮かべた。吉五郎も笑顔を見せ、いかに宗太郎が優れた同心であったかを語った。

「それでいて、本当にお優しいお方でした。あっしが、岡っ引をやめる時にも何かと心配くださって、職の世話なんかもしてくださったんです。その時は粋がって、もうお上《かみ》の世話になるのは嫌だって江戸を離れました。それから、あっちこっちふらふらして」

自嘲気味な笑みを吉五郎は浮かべた。

「で、今は何を」

菊之丞が問いかけると、

「まあ、あれこれと、どうにか食ってますよ」

吉五郎は曖昧《あいまい》に言葉を濁した。

どうやら、生業《なりわい》については語りたくないようだ。

「じゃあ、あっしはこれで」

吉五郎は詰所から出て行った。

菊之丞は長屋門の潜り戸まで見送ると空を見上げた。青空が広がり夏とは思えないやわらかな日差しが降り注いでいた。

第二話　善意の寺

一

水無月《みなづき》十五日、薬研《やげん》の寅蔵《とらぞう》は南町奉行所への道を急いでいた。

手札を与えられている同心、早瀬菊之丞《はやせきくのじょう》が遅刻ばかりするので、奉行所に迎えに来い、と吟味方《ぎんみかた》与力鵜飼龍三郎《うかいりゅうざぶろう》に命じられたのだ。同心詰所に顔を出せば、菊之丞も多少は気を遣って早めの出仕を心がけるだろうという鵜飼の考えだ。

菊之丞がそんなことで遅刻をしないわけがないと寅蔵は懐疑的だったが、意外にも菊之丞は真面目《まじめ》に出仕時刻を守っている。

そうなると、寅蔵も遅れるわけにはいかない。

もっとも、今日は昼過ぎに顔を出せばいい。定町廻《じょうまちまわ》り、臨時廻りの同心たちが江戸市中で見聞きしたことのやり取りをする協議の場があるのだ。菊之丞のことだ、居眠りでもしているのでは、と心配になっている。

両国《りょうごく》西広小路に差し掛かったところで、浪人としか見えない尾羽《おは》打ち枯らした男が声をかけてきた。月代《さかやき》や髭《ひげ》は伸び放題、小袖《こそで》は垢《あか》と泥で赤黒く光り、襞《ひだ》がなくなった袴《はかま》は菜っ葉のようだ。

「失礼ながら、拙者《せっしゃ》を殴《なぐ》ってくだされ」

唐突に浪人は頼んできた。

「はあ……」

戸惑っていると、

「遠慮なく殴ってくだされ。拳《こぶし》で思い切り……但し一発ですぞ」

殴れと言われても殴れるものではない。

「お侍を殴るなんて、できませんや。いや、お侍じゃなくたって、やくざ者相手でも憎くも、恨みもない者を殴れるもんじゃござんせんよ」

浪人はごもっともと寅蔵の考えを受け入れながらも、

「実は拙者、ご覧の通りの素浪人、手元不如意《ふにょい》につき、殴られ屋というのをやっておるのです。一発、十文でいかがかな」

と、地べたに差した板切れを指差した。

そこには墨で、

「一発、十文で憂《う》さ晴らし」

と、書いてあった。

「お願いでござる。助けると思って殴ってくだされ」

浪人は両手を合わせた。

いくら、食うに困ったとはいえ、ずいぶんと乱暴な商売である。武士というより人としてどうかと疑問に感ずる。

そんな寅蔵の思いなど斟酌《しんしゃく》することもなく、

「さあ、遠慮なく」

浪人は右の頰《ほお》を心持ち前に向けてきた。

肩に力を入れ、歯を食い縛《しば》って衝撃に備えている。寅蔵は軽くうなずくと、財布から十文を取り出し、地べたに置かれた木の椀に入れようとした。銭が何十枚か入っている。

「後払いでよろしいのですぞ」

浪人は声をかけたが、

「お侍、十文払いますんで、これで失礼します」

寅蔵は十文を入れて立ち去ろうとしたが、

「拙者、物乞いではない！」

強い口調で浪人に止められた。武士としての最低限の誇りを傷つけてしまったようだ。

「こりゃ、失礼しました。しかしですよ、申しましたようにね、憎くも恨みもない相手に手を挙げられませんや」

寅蔵は繰り返した。

「ならば、憂さはござらんか。日々、何の憂《うれ》いも問題もなくお暮らしか」

表情を落ち着かせ浪人は問うた。

「憂さですか……」

即座に早瀬菊之丞の巨顔が浮かんだ。

破天荒な菊之丞の観相《かんそう》に振り回され、鬱憤《うっぷん》が溜《た》まっていないはずはない。かといって己《おの》が不満をこの浪人にぶつけるのは気が引ける。

そうだ、菊之丞ならどうするだろう。

面白そうだと、思い切り浪人をぶん殴るだろうか。

「憂さがないことはござんせんがね、胸の中に留《とど》めるべきです。お侍を殴ることはできない。ですんで、十文は受け取ってください」

「いや、それでは拙者の気が治まらぬ。拙者、これでも武士の端《はし》くれだ。何もせずに十文という銭を頂くわけにはまいりません。物乞いではないのですからな」

浪人の目に力が籠《こも》った。

せめてもの武士の誇りを感じさせるものだ。

と、浪人の足元がふらついたと思ったら腹の虫がぐうと鳴った。

「大丈夫ですか」

「心配御無用」

答えたものの浪人は明らかに衰弱していた。衰弱の原因が空腹であることは明らかだ。

「蕎麦《そば》でも食べましょうや」

寅蔵が誘うと、

「いや、それは……」

「腹が減っては、戦《いくさ》はできず、ですよ」

寅蔵は浪人の返事を待たずに歩き出した。


両国西広小路の一角にある蕎麦屋に入った。小上がりで向かい合い、盛り蕎麦を二人分で十枚頼んだ。

「申し遅れた。拙者相州《そうしゅう》浪人加藤主水《かとうもんど》と申す」

加藤は畏《かしこ》まって素性を打ち明けた。

「あっしは薬研堀で小料理屋を営んでいる寅蔵っていうけちな野郎です」

敢《あ》えて岡っ引であることは黙っていた。

加藤は身の上を語った。

一昨年の秋に相模国《さがみのくに》三崎《みさき》藩川瀬《かわせ》家を解雇された。三崎藩は藩主川瀬豊前守《ぶぜんのかみ》春光《はるみつ》の家督《かとく》を巡って正室の子を押す家臣と、側室の子を担《かつ》ぐ家臣の間で御家騒動が起きた。

御家騒動は幕府の知るところとなり、五万石から三万石に減封《げんぽう》された。家督は正室の子春定《はるさだ》が継ぎ、側室派の家臣たちは閑職《かんじょく》に追いやられたり、御家解き放ちの憂き目に遭った。加藤は積極的に側室派に加わったわけではなく、上役が側室派だったため御家を出る羽目になったということだ。

幸い、妻の実家は正室派に属していたため藩に留まることができ、妻子は実家に帰した。加藤は江戸に出て仕官の口を探しているが、容易ではない。加えて糊口《ここう》を凌《しの》ぐ手立てもなしとあって、思いついたのが殴られ屋という商売だった。

「ところが、この面相、風体《ふうてい》ゆえ、殴ってくれる者は中々おりませんでな」

加藤は頭を掻《か》いた。

なるほど、月代も髭も伸び放題な上に鼻が上を向いている醜悪な面相である。

「事情はわかりやしたが、殴られ屋という仕事、やはり、よくねえですよ」

小言めいてすいません、と寅蔵は言い添えた。

「いかにも」

加藤は頭を掻いた。

お人好《よ》しで世渡り下手《べた》のようだ。

ついつい、親身になってしまうのは、寅蔵も加藤に負けず劣らずのお人好しだからかもしれない。

「何か職があるはずですよ。少なくとも、殴られ屋よりはましな仕事があります。加藤さま、口入屋を覗《のぞ》いたことはありますか」

口入屋は奉公先を斡旋《あっせん》する商売で、大店《おおだな》の下働き、女中奉公ばかりか、大名屋敷や旗本屋敷へ中間《ちゅうげん》を紹介してもいる。浪人といえど武士である加藤には屈辱かもしれないが、まずは日々の糧《かて》を得ることだ。生きていれば三崎藩川瀬家への帰参、もしくは別家への仕官が叶《かな》うかもしれない。

「何度か顔を出した……しかし、拙者にできそうな仕事はない」

やはり、武士としての誇りが邪魔をしているようだ。

蕎麦が運ばれてきた。

加藤はごくりと生唾《なまつば》を飲み込んだ。

「さあ、遠慮なく」

寅蔵が勧めると加藤は勢いよく蕎麦をすすり上げた。

よっぽど腹が減っていたのだろう。あっという間に蒸籠《せいろ》一枚を空にし、二枚目に箸《はし》をつけた。この勢いでは五枚では足りないと、更《さら》に五枚を追加した。

結局、加藤は十枚の蕎麦を平らげた。

「いやあ、腹が満たされると気分も随分《ずいぶん》と落ち着くものですな」

加藤は満面に笑みを広げた。

「妻子は実家ということは、お会いになっていないんですか」

「まあ、そういうことになりますな。妻子も不運なものです」

加藤は嘆《なげ》いた。

「ともかく、殴られ屋などはやめて、もう少しまともな仕事をなさった方がいいですよ。ついては、多少の足しにしてくださいな」

寅蔵は財布から一分金を手渡した。

「いや、そこまでしていただくことはできぬ」

加藤は大きく右手を左右に振った。

「あっしだって江戸っ子ですよ。一旦出した金を引っ込めるわけにはいきあせんや。どうか、お受取りください」

押し付けるように寅蔵は懇願《こんがん》した。

「しかし……」

躊躇《ためら》いを示し、押し問答の末にようやくのことで加藤は受け取った。

ついさきほど通りすがりに知り合ったに過ぎないのだが、言葉を交《か》わしてみると何ともいえぬほんわかとした気分に浸ることができた。

人を安堵《あんど》させる男である。

世知辛《せちがら》い世の中を渡るにはあまりにも不器用な男だ。それゆえ、この男と話していると心が和《なご》んだのかもしれない。

加藤主水に幸あれと思わずにはいられない。

「寅蔵殿、まこと、かたじけない」

加藤は押し頂くようにして一分金を受け取った。

善行を積んだような気分になった。

「あっしのような者に頭を下げないでください。なら、これで」

寅蔵は腰を上げた。

加藤と別れてから南町奉行所へと向かった。加藤主水という好漢との出会いが気分を浮き立たせているため足取りは軽い。

二

長屋門脇の潜《くぐ》り戸を入り、右手にある同心詰所に向かった。

「失礼します！」

声を弾ませて引き戸から身を入れようとした。ところが、ぎょっとして立ち止まってしまった。

詰所の横で菊之丞が寝そべっているのだ。日陰の中、右手で腕枕をし、左手には紐《ひも》を持っていた。紐の先には細い棒が結び付けてあり、棒は地べたに立てた笊《ざる》を支えていた。

寅蔵が大きな声で挨拶《あいさつ》をすると途端に顔をしかめ、

「馬鹿、逃げただろう」

と、憤怒《ふんぬ》の形相《ぎょうそう》で菊之丞は立ち上がった。羽織に付いた埃《ほこり》が風で舞い上がる。

菊之丞は笊に雀《すずめ》を閉じ込めて捕ろうとしていたのだった。それが寅蔵の大声で雀が逃げてしまったと文句を言い立てたのだ。

暇《ひま》なお方だと内心で毒づいた。

「こりゃ、粗相《そそう》しまして」

素直に詫《わ》びると、

「遅いぞ。今まで何処《どこ》をほっつき歩いていたのだ。この忙しい時に」

忙しいといっても、雀を捕っていただけではないかと心の中で呟《つぶや》いたが、今日は腹も立たない。加藤主水との出会いが心を穏やかにしてくれているのだ。

加藤のことを思い出し、ついにんまりとしてしまうと、

「なんだ、にやにやして。薄気味の悪い奴《やつ》だな」

「別に何もありません」

「何かいいことがあるなら言えよ」

「いいことではありません」

つい、むっとしてしまった。

「ならば、面白いことか」

菊之丞は面白いことには貪欲だ。はぐらかすことはできない。

「ちょっと、気分の和む出会いがあったのです」

寅蔵は加藤との出会いをかいつまんで語った。

さぞや感じ入ってくれると思っていたのに、なんと菊之丞は大あくびをした。それどころか、

「つまらん話だな」

などと毒づく始末だ。

「いや、ですから、面白いという話ではないと言ったじゃありませんか……加藤主水という浪人さん、近頃には希《まれ》に真《ま》っ直《す》ぐなお侍ですよ。そんなお方に会えてあっしはうれしかったってことです」

菊之丞にわかってもらえるよう説明したつもりだが、

「どうせ、おれは武士の風上にも置けない男だよ」

菊之丞はむくれてしまった。

その通りですよ、とまたも内心で毒づき、

「そんなことござんせんや。菊之丞の旦那《だんな》は、得意の観相で数々の難事件を落着に導いてきた名同心じゃござんせんか。旦那がいなきゃ、今頃、のうのうと暮らしている

悪党は珍しくありませんよ」

必死に寅蔵は菊之丞を持ち上げた。

ところが、

「寅らしいな。浪人に同情していい気分に浸っているんだろう。同情したって一銭も儲《もう》からないぞ」

菊之丞は身も蓋《ふた》もないことを言った。

一銭も儲からないどころか、蕎麦を奢《おご》った上に一分をやってしまった。わずかながら後悔の念が湧《わ》きあがってきた。

いかん、損得の問題ではない。

「世知辛い世の中ですからね、心和むご仁でしたよ」

「ふ〜ん」

菊之丞は生返事で全く興味を示さない。

「あっしゃ、加藤さまの暮らしが立つことを願っていますよ」

むきになって寅蔵は言い立てた。

「寅は加藤何某《なにがし》という浪人を随分と買っているがな、要するに加藤の話を鵜呑《うの》みにしているんだろう。加藤の身の上話の真偽、確かめたのか」

　菊之丞は意地悪い疑問を投げてきた。

「いえ……」

　そもそも確かめるようなことではない。

「信じ切っているんだな」

　菊之丞は薄笑いを浮かべた。

「まあ、そうなんですがね……疑う理由はないって思いますがね」

　不安を抱きながらも寅蔵は言い返した。

「甘いな、寅は。人は自分に都合のいい話しかしないぞ。確かめもせず、加藤の言うままに話を信じて、蕎麦を奢ってやった上に金子《きんす》までやるとはな……おまえを馬鹿と呼ばずに誰を馬鹿と呼べばいいんだ」

　がははは、と菊之丞は大口を開けて笑った。

　菊之丞にかかれば、自分の善行も加藤主水という好漢も全てが台無しである。ほんわかと温《ぬく》もっていた気分が寒々となってしまった。

　早瀬菊之丞、人を不愉快にして何が楽しいのだろう。

「旦那も会えば加藤さまの好漢ぶりがよくわかりますよ」

「会いたくも、知りたくもないな」

菊之丞はにべもなく右手をひらひらと振った。

「無理強いはしませんが……」

つい、不機嫌に返した。

すると菊之丞はにんまりと笑った。

嫌な予感に駆られる。

「おい、こりゃ、詐欺《さぎ》かもしれぬぞ」

菊之丞は加藤を詐欺呼ばわりした。

「どういうことですか」

問い返す口調が不機嫌に曇る。

「物乞い、あるいは浪人のふりをして寅のような人の好《い》い男を食い物にしているということだ」

菊之丞はいつもながらの自信たっぷりな物言いのため、妙に説得力があるのが癪《しゃく》だ。

が、いかにも菊之丞らしい斜に構えた考えだ。

「あっしは加藤さまを信じますよ。それに、三崎藩川瀬家が御家騒動を咎《とが》められ、五万石を三万石に減封されたのは事実です」

眦《まなじり》を決して抗《あらが》った。太い眉《まゆ》が寄り、大真面目な顔が却《かえ》って滑稽《こっけい》だ。

「おれは意地も人も悪いからな」

菊之丞はニヤリとした。

歌舞伎役者が悪役を演じる際の化粧もかくや、という悪党面《づら》に笑みが浮かんだ。悪戯《いたずら》坊主が大人をやりこめた時のうれしそうな笑顔のようでもある。

「その通りですよ」

と、寅蔵は言った。

但し、心の中で。


それから数日、寅蔵は両国西広小路を散策中、加藤主水の姿を探したがいなかった。

殴られ屋はやめたのか、それとも、場所を変えてやっているのか。

いや、あの加藤が自分を欺《あざむ》くことはあるまい。殴られ屋はやめたのだ。

口入屋で仕事を見つけ、元気に働いているに違いない。

そう思って先を急いでいると、

「寅蔵殿」

と声をかけられた。

振り返ると一瞬誰だかわからなかったが、加藤主水と気づいた。

以前会ったときとは違ってこざっぱりとした着物に身を包み、月代は伸びているものの髭は剃《そ》られていて血色もいい。髭はなくなった分、ぶさいくだが人の好さが際立っている。何か仕事を得たようだ。

少なくとも殴られ屋よりはいいだろう。

「あの折はまことに親切にして頂き、感謝に堪《た》えぬ」

加藤は頭を下げた。

「どうぞ、頭を上げてください。あっしは加藤さまのようなお方と知り合い、心が洗われました」

「拙者、大した男ではない。赤面してしまうぞ」

加藤は言葉通り頬を赤らめた。

「ところで、どのような仕事におつきになられたんですか」

寅蔵の問いかけに、

「それが、まだ、仕事らしい仕事はしておらんのです。ただ、口入屋で三崎藩の浪人者を募集しているとのことを耳にしましてな、寺なのですがな」

湯島にある東観寺《とうかんじ》という浄土宗の寺だそうだ。そこでは、三崎藩の浪人もしくは三崎藩の領内出身のやくざ者ばかりを集めているのだとか。なんでも住職が三崎藩の出身だそうで、三崎藩川瀬家を解雇され浪人となった者ややくざ者たちを憐《あわ》れんで、救済の手を伸ばしているのだとか。

なんと、慈愛に満ちたお坊さんだろう。

人の好い加藤が巡り合うにふさわしいお方ではないか。

感慨にふけったところで菊之丞の言葉が思い出される。

加藤の話を鵜呑みにするな、と菊之丞になじられた。

加藤の身の上話は本当のようだが、果たして東観寺の住職は善意で川瀬家浪人ややくざ者に慈悲を施《ほどこ》しているのだろうか。

「ひょっとして、やくざ者に賭場《とば》を開帳させていて、浪人たちは用心棒ということですか」

加藤のことだ。うまいこと口車に乗ってしまって、やくざ者が開帳する賭場の用心棒にでもさせられたのではなかろうか。

「いや、そんなことはない。住職の妙斎《みょうさい》さまは、それは慈悲深いお方でな、食い詰めた三崎藩の浪人ややくざ者に暖かい言葉をかけ、温かい飯を食べさせてくださる。みな深く感謝しておるのだ。三度の食事や着る物まで提供してくださるのだからな」

加藤は小ぎれいな着物の両袖を引っ張り、感激の面持《おもも》ちである。

「妙斎という住職は、一体何のために三崎藩の浪人ややくざ者に慈悲深く接しているんでしょう。ご自身が三崎藩の領内の出だからというだけですかね」

寅蔵の疑問に、

「三崎藩内の村の寺で修行し、その時の住職さまや領民、川瀬家の家臣にひとかたならぬ恩義を蒙《こうむ》られたのだそうだ。幼い頃、二親《ふたおや》を亡くし、お寺に拾われて仏の道に入ることが出来たのだとか。村の人たちにも親切にされ、親を失った悲しみにも耐えられた。その時の恩を返したいとおっしゃっておられる」

「妙斎さまはみなさんにも仏道修行をさせようというのですか」

「そういうわけではない。寺で学問を学び直し、剣の修業もきちんとすればよいとお考えだ。それで、仕官の口を探すのもよし、ずっと寺にい続けてもよい、と」

信じられない厚遇ぶりだ。

東観寺はそれほどに豊かなのだろうか。

加藤主水、人の好さにつけ込まれて泣きを見なければいいのだが。

「もちろん、我らも妙斎さまのお慈悲に甘えてばかりおってはいかぬと、寺の掃除などしておる。掃除というものは心身の汚れも拭《ぬぐ》い去るものだ。また、近所の子供に手習いを教えたり、共に遊んだりなどもしておるぞ。子供たちの笑い声は心が洗われる。貧すれば鈍するだな。すさんだ暮らしをしておったが、今では心豊かに過ごしておる。まさしく、妙斎さまのお蔭《かげ》でな」

心から妙斎に感謝している加藤に水を差すことは憚《はばか》られる。

本当に妙斎が加藤の言う通りの慈悲深き僧侶であればいいのだが、菊之丞ならずとも勘繰りたくなる。

菊之丞なら妙斎が何か企んでいるんだと強い疑いを持つことだろう。

「加藤さま」

用心しろと忠告したかったのだが、無邪気に喜んでいる姿を見ると、とても忠告などできたものではない。

「これで、拙者も仕官の口を見つけようと毎日張り合いがあります。これまでのように、今日の食い扶持《ぶち》で頭が一杯という余裕のなさではないため、本当にありがたい。妻子にも会えるかもしれぬ」

その気持ちはよくわかる。

「寅蔵殿と出会っていなかったなら、妙斎さまを知ることもなかった。つくづく、寅蔵殿には感謝申し上げる」

「いや、あっしなんざ、関係ありません。加藤さまがご自身で立ち直ったのですよ。加藤さまはよきお人柄ゆえ妙斎さまと巡り合ったのでござんしょう。いや、本当によかった。一度、訪ねてみたいものです」

「是非《ぜひ》にも」

加藤は歓迎してくれそうだ。

菊之丞が聞けば、自分も絶対に行きたいと言い出すだろう。東観寺を訪れ、妙斎の企みを暴いてやると息巻くかもしれない。

「では、これにて」

加藤は早足で立ち去った。

名残《なごり》を惜しみ、寅蔵は加藤の背中が見えなくなるまで見送った。

三

水無月二十日、菊之丞に加藤と東観寺のことを報告すると案の定、

「よし、行くか。その偽善寺に」

頭から妙斎の行いを偽善と決めつけるのが菊之丞らしい。

「はなっから色眼鏡で見ない方がいいですよ」

寅蔵の注意を聞き流し、菊之丞は大手を振って奉行所を出た。

東観寺は湯島《ゆしま》天神のすぐ裏手にあった。

湯島天神は白梅の名所、今は梅の時節ではないとあって石段にはさほどの参拝者がいない。菊之丞は急ぎ足で石段を登る。湯島天神の境内《けいだい》を早足で進んだ。

菊之丞は巨体に似合わない迅速《じんそく》さで境内を横切る。参拝者が迷惑そうに避けることなどまるで眼中にない。我が道を行く菊之丞の代わりに付き従う寅蔵に批難《ひなん》の目が向けられた。

寅蔵は方々に詫びを入れながら奔放《ほんぽう》極まりない菊之丞について行った。

湯島天神を抜け半町ばかり歩くと山門が見えた。さほど大きくはないが思ったよりも立派な寺だ。山門を潜ると、紺の道着に身を包んだ加藤主水が庭掃除をしていた。境内では加藤の他に十人ばかりの男たちが掃除をしている。三崎藩の浪人ややくざ者たちだろう。みな紺の道着に身を包んでいるため浪人とやくざ者の見分けがつかない。

ただ、生き生きとした顔で、身分、素性の分け隔《へだ》てがない一体感があった。加藤が寅蔵に気が付いて近づいて来た。

「おお、来たか」

寅蔵に声をかけながら菊之丞にちらりと視線を向けた。縞柄《しまがら》の小袖を着流し、黒紋付を巻き羽織にする八丁堀同心の形《なり》をした大男に加藤は若干《じゃっかん》の戸惑いを示した。

「南町の定町廻り、早瀬菊之丞さまです」

菊之丞を紹介してから、寅蔵は岡っ引であることを打ち明けた。

「そうか、十手《じって》持ちであったか……」

不快がることなく加藤は寅蔵を見返した。

「すんません、隠すつもりはなかったんですが何となく言いそびれて……薬研堀で縄《なわ》暖簾《のれん》を営んでいるのは本当です。女房にやらせているんですがね」

言い訳を並べた寅蔵に代わって菊之丞は挨拶もせずに、

「うまい話には裏がある。いい加減に気が付くんだな」

いきなり何を言うのだと寅蔵が戸惑うのも何のその、

「世の中そうしたものだ」

唖然《あぜん》とする加藤に菊之丞は言い添えた。

呆気《あっけ》に取られた加藤だったが、

「妙斎さまは決してそのようなお方ではございませぬぞ」

無礼な言動をものともしない菊之丞に強い口調で言い立てた。

「決して善意の気持ちのみで行っておるのではないさ。むしろ、妙斎がまこと善意で行っているのだとしたら、その方がまずいと、おれは思うな。人は神仏じゃないんだ。善意を施すに当たっては何らかの悪意が働くものだ」

菊之丞らしい斜に構えた物の見方だ。妙斎の施行《せぎょう》を頭から偽善、悪意だと決めつけている。

「拙者らを騙《だま》したとて金品は奪えませんし、妙斎さまには何の益もございません」

加藤は反発し、寅蔵も横でうなずいた。

「悪意というのはな、何も金品を奪うとかの欲ばかりじゃないんだ。人から誉《ほ》められたい、あるいは自分はこんなにもいいことをやっているのだと自慢したがるのも邪心、つまり、悪意ってもんだぜ」

菊之丞が持論を展開すると、

「そんなことをいうのなら、世の中の善意などというものはなくなってしまうではないか」

加藤は反論した。

「ならば悪意はどうだ。悪いことをして悔いるのは、そこに善意が働くからだ。要するに善意と悪意は裏表なんだよ」

菊之丞が言いたいことはわかるが、ここで言うべきではないだろう。やはり、風変りなお方なのだ、それにしても加藤に対して恥ずかしいと寅蔵が思っていると、一人の老僧がこちらにやって来た。男たちがみな丁寧《ていねい》に頭を下げる。

粗末な墨染《すみぞめ》の衣姿ながら高僧の威厳を感じさせる。

妙斎のようだ。

案の定、加藤が妙斎であることを告げると、柔和《にゅうわ》な笑みをたたえ、妙斎は両手を合わせた。五尺そこそこの小柄ながら徳を感じさせるためか寅蔵は仰《あお》ぎ見てしまう。

寅蔵は頭を下げたが、菊之丞は突っ立ったままである。むしろ背を反らし、威圧するように鋭い眼差《まなざ》しを送った。

六尺近い菊之丞とあって、妙斎と対するとまるで大人と子供である。ただ、菊之丞がいい具合に陽光を遮《さえぎ》り、妙斎の陰の役割を果たした。

何か無礼なことを言わなければいいがと寅蔵が危ぶんでいると、果たして菊之丞は無遠慮且《か》つ唐突に、

「あんた、一体、何を企んでいるんだ」

寅蔵は天を仰いで絶句した。自分とは関係のない人間だと妙斎に思わせたい。

妙斎は菊之丞の暴言とも取れる問いかけに動揺することなく、

「企みといえば企み。極めて大きな企みを抱いておりますぞ」

と、言った。

いいぞ妙斎さま。

無礼な問いかけに動ずることない応対をしてみせるとは、内心で妙斎を応援してしまった。

菊之丞も平然と、

「どんな企みなんだ」

「この世から悪人をなくす」

妙斎の目が凝《こ》らされた。

菊之丞は一瞬の沈黙の後、

「なるほど、それは途方もない悪事だな」

「いかにも、これ以上の悪事はござらんぞ」

妙斎が返すと菊之丞は声を上げて笑った。

妙斎も哄笑《こうしょう》を放つ。二人は楽しげであるが、加藤と寅蔵は禅問答のような二人のやり取りに目を白黒とさせるばかりであった。

ひとしきり笑った後に菊之丞は問い質《ただ》した。

「失礼ながら、この寺の生計《たつき》にはどのような手口を用いているんだい」

一瞬の逡巡《しゅんじゅん》もなく、

「手習い、托鉢《たくはつ》によって日々の糧を得ておりますな。それと、悪事……」

妙斎はにんまりとした。

「ほほう……どんな悪事だい」

菊之丞も笑みを深めた。

「貴殿は八丁堀同心であろう。十手持ちには悪事について白状できませんな」

人を食ったように妙斎はぺろりと舌を出した。

菊之丞は肩をそびやかした。

ふと寅蔵は俗な思いに駆られた。菊之丞より妙斎の方が、役者が上だ……。

すると菊之丞は境内を見回し、

「この寺には悪意が膨《ふく》らんでいるな」

と、乾いた声で言った。

それまでの軽口めいた口調とは違う菊之丞の物言いに妙斎は笑顔を引っ込めた。

「悪意が膨らむとはいかなる意味かな」

妙斎に問われ、

「善意が悪意を呼んでいる。つまり、善行を積めば積む程、悪行も加算されてゆくということだ」

しれっと菊之丞は答えた。

「どうして、それがわかるのですかな」

あくまで穏やかに妙斎は問を重ねた。

「黙って座ればぴたりと当たる、観相の達人水野南北先生直伝《じきでん》の観相で見立てたのさ」

菊之丞はくるりと背中を向けて足早に立ち去った。

寅蔵は口を閉ざして立ち尽くす妙斎を気遣い、何か語りかけたいが気の利いた言葉が思い浮かばず、そそくさと菊之丞を追いかけた。

東観寺を出ると、

「中々、面白い坊主だったな」

菊之丞は妙斎を気に入ったようだ。

「面白いですかね。あっしには摑《つか》み所のないお坊さまにしか見えませんでした」

悪事をして寺を維持しているということが気にかかる。冗談なのだろうが、大勢の川瀬家浪人を養える財力の根源が知りたい。托鉢や手習いの稽古料だけで大勢の浪人ややくざ者を養えるはずはない。

「いかにも裏がありそうな坊主ですよ」

寅蔵が言い添えると、

「おや、おかしなことを言うな」

菊之丞はおかしげに寅蔵を見た。寅蔵も立ち止まり、

「何かおかしなことを言いましたかね」

「東観寺にやって来るまでは、寅は妙斎のことを慈愛に満ちた素晴らしい高僧だと散々に誉《ほ》めちぎっていたじゃないか。それが、一転して悪僧だと言い出した。おまえはまこと節操がないお調子者だな。おお、そうだ。寅は戦国の世に生まれればよかったんだ。いや、駄目だな。おまえのようなお人好しは簡単に騙される。とてものこと、

生き残れないよ」

言いたい放題の菊之丞に腹も立たなくなっている。

「妙斎という僧侶の本音を聞いたからですよ」

「つくづく単純な男よな」

菊之丞は呆《あき》れたように鼻を鳴らした。

どうせ、自分は単純だといじけたくなる。

「浮かぬ顔はやめろ、陰気になるな」

「どうやって妙斎さまが寺を維持し、浪人たちを養っているのか」

「興味はないな」

「あっしは気になりますね。この世から悪人をなくす、いかにも大法螺《おおぼら》吹き、それは法螺話とすませることはできますが、実際に大勢の浪人を受け入れ、その暮らしの面倒も見てやっているということは並大抵の費《つい》えではないと思います。その費用の出所《でどころ》が気になってしまいます。悪事と冗談めかして言っておりましたが、どんな手段で稼いでいるのでしょうか」

「だから、妙斎は申しておったではないか。手習いを教えたり、托鉢をしたりしておると」

　大真面目に菊之丞は言った。

「そんなこと大した稼ぎになるとは思えませぬ」

　いくらお人好しの寅蔵でも鵜呑みにはできない。

「妙斎という僧侶、托鉢の際の辻説法が上手なのかもしれぬぞ」

　菊之丞の考えに、

「辻説法が上手だからって、大道芸人のようにお布施《ふせ》が集まるんですかね」

「大勢の者が集まれば、銭も集まるさ」

「大道芸人並みに話し上手であったとしても、法外な金子は手にできませんや」

　寅蔵は納得できない。

「寅蔵はどうしても妙斎を悪人に仕立てたいようだな」

「そういうわけではありませんよ。菊之丞の旦那は妙斎さまを信用なさっておられるのですか」

「信用も何もない。妙斎は悪意と善意が一体となった男なんだ」

「何やら嫌な予感がしてなりません」

「そんなに気になるのなら、気がすむまで調べてみるんだな」

「よろしいのですか」

「かまわん。おれのことなら構うな。もっとも、おれの目の届かぬところで何をしようと構わないさ。おれもおまえに付きまとわれなくて羽が伸ばせるってもんだ」

悪態を吐《つ》いた上で菊之丞は許した。

「ま、しっかりやれ」

菊之丞は寅蔵の肩を叩《たた》くと早足で湯島の坂を下りて行った。寅蔵は何度も東観寺を振り返りながら後を追った。

四

明くる日、すなわち水無月の二十一日、寅蔵は東観寺に赴《おもむ》き、妙斎の動きを見張った。菅笠で顔を隠し境内の隅に佇《たたず》む。加藤主水はいない。加藤ばかりか浪人、やくざ者の姿もなかった。そのせいでがらんとした境内には参拝者がちらほらと見受けられるばかりだ。

本堂には、子供たちの手習いではなく檀家と思われる男たちが詰めていた。値の張りそうな着物を身に着けていることから分限者《ぶげんしゃ》と思われる。

寅蔵は階《きざはし》まで行き、様子を窺《うかが》った。やがて、妙斎がやって来た。男たちは居住まいを正し、妙斎の法話をありがたく聞き入った。

妙斎は穏やかな口調で仏の道を語る。みな、大人しく聞き入った。法話自体はそれほど長くはなく、檀家たちは妙斎に挨拶をして書付《かきつけ》を手渡して本堂を立ち去った。

檀家の集まりということだろうが思わせぶりな書付は何を意味するのだろうか。

寅蔵は檀家の一人を追うことにした。

檀家は湯島天神の石段を下ったすぐ右手にある両替商に入って行った。三崎屋という屋号で男は奉公人から、「旦那さま」と呼ばれていることから三崎屋の主人のようだ。

店の様子を窺っていると手代《てだい》がにこやかに近づいてきた。

用件などはないが、借金でも申し込もうかと思った矢先、

「藩札のお買い取りですか」

手代は尋ねてきた。

「藩札……」

藩札とは、各藩が領内でのみ流通させている紙幣《しへい》だ。江戸や上方《かみがた》では金貨、銀貨が出回っているが、地方では物の売り買いは銅銭や藩札が中心で、未《いま》だ物々交換も行われている。

しかし、藩札はあくまで藩内でしか通用しない紙幣である。

それを買い取ってくれるのか。何か裏がありそうだ。

「そうですね。ええっと」

寅蔵は財布や懐《ふところ》を探るふりをしてから、

「すまん、忘れちまったよ」

と、頭を掻いた。

「では、藩札を持って出直して頂けるでしょうか」

「どれくらいの割合で買い取ってくれるんですか」

「失礼ですが、何をしておられますか」

「小料理屋ですよ。三崎藩の川瀬さまのご家来衆のお支払いで藩札を受け取ったんですがね、江戸見物にやって来て、旅費の足しにしようと思ったんです」

咄嗟《とっさ》に作り話をした。

疑う素振りも見せず手代は、

「三崎藩の藩札でしたら四割で買わせて頂きます」

「四割か……」

つい不満めいた口調になった。手代は上目遣いになり、

「他の御家中は三割ですから、三崎藩川瀬家の藩札のみ特別の値をつけております。何しろ、手前どもの主《あるじ》は三崎藩内の出ですし、藩邸に出入りをさせて頂いておりますので」

「なら、明日にも持ってきますぜ」

「是非にも、お待ちしております」

寅蔵は話題を変えようと、

「ところで、三崎屋さんは東観寺の熱心な檀家のようですね」

「妙斎さまは三崎藩のご領内の出ですからな。それもあって、親しく檀家となっておられます」

当然のように手代は答えた。

三崎藩と妙斎は今でも何か繋《つな》がりがあるのだろうか。

すると、

「許せよ」

羽織、袴の侍たちが三人、暖簾を潜って入って来た。

三人は三崎藩川瀬家の家臣だと名乗った。手代はちらっと寅蔵を見た。寅蔵はそそくさと店の外に出た。様子を窺うと三人は藩札を買い取ってもらっている。

江戸勤番となり、江戸での暮らしに役立てようと国許《くにもと》から持って来た藩札を買い取ってもらっているのだ。

三崎屋を後にし、このことを菊之丞に報告しようか、菊之丞なら興味を示すのではないか。

そう思い、南町奉行所へと足を向けた。

同心詰所に顔を出すと、

「おお、どうした」

菊之丞は縁台で寝そべっていた。

「東観寺と檀家の関係を探ってきましたよ」

寅蔵が言うと菊之丞はむっくりと上半身を起こした。

「で、どうだった」

やはり、菊之丞は興味があるのだ。

寅蔵は誇らしげに、三崎屋による三崎藩の藩札買い取りと主人助左衛門《すけざえもん》が三崎藩出入りの両替商であることを語った。

「加藤さまや浪人たちが東観寺で世話になっているのも三崎藩出身だからですよ。妙斎が何か悪巧みをしているとしたら、三崎藩川瀬家が鍵のような気がしますぜ」

寅蔵が考えを述べ立てると、

「寅にしては面白いことを調べて来たじゃないか」

さすがに菊之丞は興味を抱いてくれたようだ。

「いかにも、臭《にお》いますぜ」

同意を求めるように言葉を添える。

菊之丞は深くうなずき、

「面白そうだ。おれも行ってみるか」

「東観寺でございますか」

「三崎屋だよ」

菊之丞は詰所を出ていった。


菊之丞と寅蔵が三崎屋にやって来ると、加藤主水が歩いて行くのが見えた。

「話を聞きますか」

寅蔵が問いかけると、

「おまえだけでな」

菊之丞はその場を離れた。

寅蔵は歩み寄り、

「加藤さま」

と、声をかけた。

「これは奇遇。そうだ、この前は御馳走《ごちそう》になりましたので、今日は拙者が奢ろう」

「なら、ごちになりますか」

寅蔵は明るく答えた。

「是非」

二人は連れ立って歩き、上野池之端《うえのいけのはた》の蕎麦屋に入った。

蕎麦を食べながら、

「加藤さま、三崎屋を御存じですよね」

寅蔵が問いかけると、

「三崎藩御用達の両替商だな。拙者も、世話になった」

「藩札を買い取ってもらったのですか」

「手持ちの藩札、御家を去ったからには使い道がなかったのだが、助左衛門が買い取ってくれると耳にしてな、それで、江戸に出てすぐに売った。もっとも、拙者が持っていた藩札などは知れたもの、精々、二両の藩札だったが、それを四割で買い取ってくれた」

暮らしの足しになったと喜んだそうだ。

「どうして、助左衛門は藩札をさかんに買い取ってくれているんでしょうね」

加藤は首を捻《ひね》っていたが、

「三崎藩御用達《ごようたし》ということで、それだけ三崎藩に肩入れしてくれていたというのだろう」

それはその通りだろうが、三崎屋は一体どんな利益があるというのだろう。

「三崎屋は東観寺の大きな檀家でもあるんですよね。妙斎さまと助左衛門は懇意《こんい》につきあっておりますな。妙斎さまは三崎屋から何か大きな利を得ているんですかね」

「そんなことはないだろう。檀家だから、助左衛門からは多少のお布施があるだろうが、妙斎さまは至って無欲なお方だからな」

加藤は妙斎への感謝と尊敬の言葉を並べ始めた。

加藤にとっては恩人、そして妙斎は悪事とは一番遠い所にいると思っているのだろう。

しかし、妙な取り合わせである。

世俗から最もかけ離れた僧侶妙斎と世俗の塊というか欲そのものの銭、金を扱う両替商の三崎屋助左衛門、水と油の取り合わせである。それが固く結びついていることが不思議だ。

「妙斎さまと助左衛門、ずいぶんと懇意のようですな」

「助左衛門は妙斎さまのお蔭で心が癒《いや》されておるのだろう。一日中、銭や金勘定《かねかんじょう》ばかりしておると、ふと、心の救いを求めたくなるものではないのかな」

加藤の言う通りかもしれない。

そして、反対でもあるのではないか。

すなわち、仏の道を説いている妙斎でも、世俗の垢にまみれたいという欲求に駆られる時があるのだろう。

お互いの欲求を補い合う。

加藤は美味《うま》そうに蕎麦を食べ始めた。釣られるようにして寅蔵も食べる。

五

菊之丞は寅蔵とは別れて東観寺を探った。

特に浪人とやくざ者たちの動きに注目する。

意外なことに遊んでいる者はいなかった。妙斎の目が届かない所なら酒を飲んだり、遊里で遊んだりしそうなものだが、みな、真面目に托鉢をしていたのだ。

こうなると、益々妙斎という坊主が不気味に思える。

しばらく浪人かやくざ者の動きを見張ろう。


数日後、南町奉行所の同心詰所に寅蔵がやって来た。

「おお、妙斎の企てを探り当てたか」

いつものように縁台で横になっていた菊之丞はむっくりと起きた。他の同心たちは慌《あわ》ただしく町廻りに出かけていった。寅蔵は同心たちに、「お疲れさまです」とぺこぺこと頭を下げながら菊之丞に歩み寄る。

「やはり、裏なんてないようですよ」

寅蔵は加藤とのやり取りを報告した。

「寅には信念というものがないぞ。この前は裏があると言い、今日には裏なんぞないと答えた。明日になったらまた裏があると言い出すぞ。どっちなんだ。そんなことじゃ腰の十手が泣くぞ」

菊之丞が言うことはもっともなのだが、やはり、加藤の話を聞き、妙斎に邪念はないと確信したのだ。

「菊之丞の旦那のおっしゃる通りなのですが、これで決めました。妙斎さまに裏はありません」

自信満々に寅蔵は断じた。

「力んでも信用できんものはできんぞ」

菊之丞はからからと笑った。

「いや、聞いてください。加藤さまの話では、毎日、寺の掃除をし、それからお経を読み、各々《おのおの》の修行をしてから外に出て、托鉢をするか善行を積む」

「善行とはどんなことだ」

菊之丞はからかうような口調である。

頭にくるがここは腹を立てずに、

「それは各々に任せているそうです。年寄りをおぶったり、往来のごみを拾ったりとまあ、人それぞれに善行を積み、夕刻に東観寺に戻ってから本堂でそれぞれ行った善行を報告するのだそうですよ。加藤さまいわく、それはもう心が洗われるひと時だそうです」

「何が、心洗われるだ」

菊之丞は鼻で笑った。

「みな、真人間になるんですよ」

「だから、真人間になってからどうするのかということだ」

「真人間になったら、世の中に役立つじゃありませんか」

「そんなもんじゃないさ」

菊之丞は小馬鹿にしたように鼻で笑った。

「もっと、人を信じた方がいいですよ」

「言うじゃないか。ま、いい、寅らしくていいぞ」

妙な誉め方をされたものである。

「旦那はこのところ事件が起きていないんで不満なんでしょう」

「おれは、世のため人のために十手を預かっているんだ。悪党が跋扈《ばっこ》し、事件が起きなきゃそれに越したことはないさ」

「今回は悪党退治というわけにはいきませんよ。善人相手に退治はできねえ」

「そうでもないかもしれんぞ。今回は善人を退治することになるかもしれん」

思わせぶりに菊之丞は言った。

「そんなことをしたら、旦那が悪人になってしまいますぜ」

寅蔵が言うと、

「構わないさ。善人が世の中に害を及ぼすかもしれんからな」

「どうあっても、妙斎さまを信用できないんですね」

「信用しているさ。妙斎が行っていることは間違いなく善行だ。東観寺で世話になっておる者どもも善行を積んでいるんだ。その限りじゃ全く問題はない。ところが、善意が集まってても必ずしもよい方向に向かうとは限らんからな」

菊之丞は表情を引き締めた。

寅蔵には菊之丞の心配がわからない。

菊之丞は上野から湯島の東観寺に向かって行く、やくざ者に狙いをつけた。仲蔵《なかぞう》という男だ。

仲蔵は石段を登る老婆の背中を押してやっている。善行を積んでいる。やくざ者の善行というのがおかしくもあったが、やくざ者は大真面目だ。

老婆に礼を言われると、

「いいんだよ。婆《ばぁ》さん、いつまでも達者でな」

仲蔵はにこやかに告げると老婆は何度も頭を下げて立ち去った。

それを見て菊之丞は近寄った。

「おい、兄さん」

声をかけると仲蔵は菊之丞を八丁堀同心と見て、警戒気味に見返してきた。次いで、無視して立ち去ろうとする。

「あんた、仲蔵っていうんだろう」

すると仲蔵は、

「旦那、なんだ、どうしておれのことを知っているんだ」

より一層警戒の色を強めた。

「おまえが、善行を積んでいるやくざ者だって評判を聞いてな、御奉行から褒美《ほうび》が授かるよう推挙してやろうかって思ったのさ」

菊之丞を値踏みするように仲蔵は目を凝らしてから、

「旦那。そりゃご親切にありがてえ話だが、おれは御奉行さまから褒美を頂戴できるような男じゃありませんよ」

　と、頭を振った。

「いやいやどうして、仲蔵さんはご立派な町人だよ」

　菊之丞は笑顔を送った。

「旦那、おれに世辞《せじ》を使ったって一文の得にもなりませんや」

「世辞じゃないぞ。イナセな仲蔵さんが、このところめっきり真面目になったって、評判だよ。やくざ者が心を入れ替えて真人間になった見本だと思ったから、おれは御奉行から褒美をもらってやろうと親切心が湧いたんだ」

　心にもないことを菊之丞は言い立てた。

　こうまで誉められては、

「へ～え」

　満更でもなさそうに仲蔵はにんまりとした。

「だがな、世の中、おれのように素直な者ばかりじゃない。仲蔵の奴、どうしちまったんだって、ひねた見方をしている者もいるぞ。きっと下心があって人助けをしているんだろうってな」

「良いことをしているんです。うがった見方をされちゃかないませんよ。八丁堀の旦那方にもご迷惑をおかけしていませんしね」

「おれはおまえを信じるが、もう一度言うが世の中ひねくれ者がいてな。せっかくのおまえの善行を偽善だとくさすのはともかく、仲蔵はおかしくなったんじゃないか、身体《からだ》のどこかが悪いんじゃないかって面白がっているんだ」

「馬鹿な連中の言うことなんか放っておけばいいんですよ。あっしゃ、生まれ変わったんです」

仲蔵は誇らしそうに胸を張った。

菊之丞はまじまじと仲蔵を見返しながら、

「やばいから、寺に逃げて、おれたち町方の手からうまいこと逃れた、あるいはやくざ仲間と揉《も》めて身の置き場がなくなって東観寺に救いを求めたってな」

更なる鎌を掛ける。

仲蔵の目が泳いだ。痛いところを突かれたようだ。神妙な面持ちとなった仲蔵は菊之丞の指摘を認めてから続けた。

「あっしも、最初はそのつもりだったんですよ。旦那がお見通しのように、盛り場で喧嘩沙汰《けんかざた》を繰り返し、出入り止めになった賭場もありましてね。うかうかしていると、博徒《ばくと》の親分から町奉行所に突き出されるか、半殺しの目に遭いそうになったんで、東観寺に逃げ込んだんですよ。で、ほとぼりが冷めた頃合いに寺から出ればいいって、そんな安易な算段をしていたんです。ところが、住職さまの話を聞いている内になんだか情にほだされてしまったんですよ。柄にもなく善行を積んでいる内に、これが気分がよくなってね」

晴れやかな顔つきは、仲蔵が偽《いつわ》りを語っているようには見えない。心底から妙斎の法話や人柄に感じ入り、善行を積んでいるようだ。

「善行を積んで真人間になろうっていうのか」

改めて菊之丞は真顔で問いかけた。

「散々好き勝手、悪さをしてきたあっしが、今更真人間になれるとは思いませんがね、住職さまのおっしゃる通りに暮らしてみますよ」

「嫌なことを聞くが、東観寺で善行を積めば人としての満足の他に得があるのか。はっきり言えば特別な手間賃でも手にできるのか。何か見返りがあるんじゃないのか」

「見返りは真人間になれる……すぐには無理ですがね、善行を積んでゆけばいつの日にか真人間になれるかもしれないんですよ。この世では無理でも成仏《じょうぶつ》できるかもしれないいんですよ。旦那だって、いいことをしていりゃ、きっと、幸せになれますよ」

「やくざ者にそんなことを言われると妙な気分になってしまうな。でも、何か目先の楽しみがあるんじゃないのか」

苦笑しながら菊之丞は食い下がった。

「楽しみと言えば、住職さまが三崎までつれて行ってくださるんですよ」

仲蔵はうれしそうに言った。

「三崎って、相模の三崎かい」

「海がきれいで、魚が滅法美味いんですよ。おれは十まで過ごしたんです。懐かしいな」

仲蔵の家は漁師だった。

十歳の時、漁に出た父親は突然の嵐に遭遇し、荒波に呑まれて死んだ。母親は男を作って三崎を去った。仲蔵は江戸の親戚を頼ったが邪魔にされ、やくざ者になったのだそうだ。

「こんなおれでも故郷には思い入れがありますからね。餓鬼《がき》の時分に食べた魚や遊んだ海に行けるってのは有難《ありがた》いことですよ。やくざ者、無宿者じゃなくて東観寺の寺男の身で帰ることができますからね、邪険にはされませんよ」

声を弾ませ、仲蔵は三崎藩領への旅を語った。無邪気に喜んでいる仲蔵に、

「そりゃ、よかったな」

菊之丞もお得意の皮肉な言葉はかけられなかった。

「そこでは、うんと羽を伸ばせって、住職さまはおっしゃって下さっているんですよ」

「羽を伸ばせって、飲んだり美味いもんたべたりってことだろう。路銀は住職さま持ちなんだな」

「そういうこってすよ。で、三崎での滞在の間は、思う存分、命の洗濯をしろってありがたい言葉を頂いているんです」

「そりゃよかったな。じゃあ、路銀に加えて滞在する間の遊興費の面倒もみてくれるのか」

「そういうこってす」

「馬鹿に景気がいいじゃないか。住職さま、そんなにお金持ちなのか」

「住職さまは金銭には淡泊で質素なお暮らしぶりさ。贅沢《ぜいたく》な食事にも着物にもご興味がないってお方ですよ。住職さまの人徳を慕って金回りのいい檀家がついているんですよ」

「じゃあ、路銀や遊興費の銭や金は檀家がくれるのか」

「三崎での遊興費は藩札ですがね」

「藩札……」

「三崎藩の藩札をくださるんです。藩札だから三崎藩の領内でしか使えないんですけどね。それでも、領内じゃ銭、金と同じですよ。こりゃ、贅沢ができるってもんだ」

　何だかんだもっともらしい理屈を並べていたが、どうやら三崎藩領での遊興を楽しみに善行を積んでいるようだ。

「そうかい、ま、せいぜい、がんばりな。ぼろを出さずにな」

　皮肉で締めくくって菊之丞は仲蔵と別れた。

東観寺にやって来た菊之丞は寅蔵と話し合った。

仲蔵とのやり取りを説明し、

「これで、妙斎と三崎屋の狙《ねら》いがわかったぞ。三崎藩の領内で大量に藩札をばらまく気だ」

菊之丞が言うと、

「まいてどうするんですよ」

寅蔵が問い直すと、

「寅の頭ではわからないな……いいか、藩札を大量にばらまけば三崎藩の領内では物の値段が上がる。しかも急にな。そうなったら三崎領内はどうなる」

噛《か》んで含めるように菊之丞は説明をした。

「領内では混乱が起きるということですか……たとえば、打ち壊しとか」

打ち壊しとは米など生死にかかわる物が暴騰《ぼうとう》した際に、庶民が徒党を組み、暴徒と化して商家を襲撃する行為だ。一応の取り決めがあって、襲撃先には放火はしない、米屋なら米を路上にぶちまけるが奪いはしないというものだ。

つまり、略奪行為というよりは暴利を貪《むさぼ》る商家への制裁という意味合いである。しかし、それで治まるという保証はない。そうなれば、暴徒と化した民が取り決めを無視し、更なる暴走をするかもしれないのだ。そうなれば、領内中に暴動は飛び火し、一揆《いっき》が起きるかもしれない。

そうなれば幕府は見過ごしにはしない。五万石から三万石に減封された記憶の新しい三崎藩には厳しい処罰が加えられるだろう。

「そういうことだな」

「妙斎と三崎屋はそれを狙っているということですね。こりゃ、何とかしないと大変なことになりますよ。妙斎と三崎屋をお縄にしましょう」

寅蔵は騒ぎ立てた。

ところが菊之丞はといえば、

「どうでもいいさ。三崎藩内の物価が上がろうがおれの知ったことじゃないよ。三崎藩領まで出向いて飲み食いするわけじゃないからな。それに、お縄にしようにも今のところ妙斎たちが悪事を働いているわけではなし。むしろ、善行を積んでいるんだからな。善《よ》いことをしている者を召し捕るわけにはいかないよ。法度《はっと》を定めないとな。

善きことをしたら罰する、なんてな」

　菊之丞は笑った。

　強い日差しが降り注ぐ中、紺の道着に身を包んだ痩《や》せぎすの男たちが忙しげに箒《ほうき》を動かす様は滑稽《こっけい》且つ長閑《のどか》なものだ。

　ただ、平穏な光景とは裏腹に菊之丞の、

「そこ、まだ残っておるぞ。ちゃんと掃除しろ」

という小言が寅蔵には耳障りだった。

六

　菊之丞は、「おれの知ったことではない」と言ったものの、三崎藩と妙斎の善行、それに藩札のことが頭を離れず、吟味方与力鵜飼龍三郎を訪ねた。

　鵜飼は練達の与力とあって様々な大名家の留守居役と誼《よしみ》を通じ、御家の事情にも詳しい。

「なんだ、おまえの方から用事があるとは珍しいな」

与力用部屋で鵜飼は応対した。

蝮《まむし》の権兵衛《ごんべえ》の一件で菊之丞が手柄を立てたので上機嫌だ。

「事件というわけじゃないんですよ。そもそも、寺と大名家の話なんで町奉行所がどうのこうのできませんからね」

菊之丞が切り出すと、

「なんだ、おまえらしくない、持って回ったような物言いをしおって」

鵜飼はいぶかしんだ。

菊之丞は東観寺と妙斎、妙斎の善行、更には三崎藩領の藩札を檀家の両替商三崎屋を通じて集めている経緯を語り、

「おれの見るところ、妙斎は三崎藩領に大量の藩札をばらまいて物価を上げたり、騒ぎを起こそうと企てているんですよ。それが気になって……で、鵜飼さまなら三崎藩の内情もご存じなんじゃないかと」

と、考えを述べ立てた。

鵜飼はうなずき、

「三崎屋は三崎藩領の村田村の出だな」

と、言ってからしばし頭の中を整理するように黙り込んだ。いつもの菊之丞なら、「勿体《もったい》をつけないでくださいよ」と遠慮会釈《えしゃく》のない言葉をかけるのだが、今日は神妙に鵜飼の話を待った。

やがて鵜飼は口を開いた。

「三崎藩御家騒動の際に激しい一揆が起きた村だ。三崎藩の御家騒動を罰する際減封の対象となり御公儀に召し上げられた」

「ということは、三崎藩に対する恨みが一番深い地域ですか」

「三崎藩はとかく年貢《ねんぐ》取り立てには厳しかった。六公四民であったとか」

幕府が定めている天領の年貢は四公六民、つまり税率四割だ。三崎藩は六割もの重税を課していたということになる。

「それは厳しいですな」

「お蔭で、領内を捨てる者が後を絶たなかったのだ」

「百姓どもは、困窮《こんきゅう》していたのですね」

「苦しかったのは百姓どもばかりではない。藩士どもも禄の半分を借り上げられた。借り上げられたとはいっても返されることはなかった。禄の代わりに支給されたのが藩札じゃ」

　鵜飼は苦い顔をした。

「では、藩士たちは大量の藩札を得たということですね」

「ところが、三崎藩領では藩札をほとんど使うことはできなかった。領内は疲弊《ひへい》しており、藩札の使い道がなかったのじゃ」

　藩士たちも困窮を極めたということだ。

「御公儀の情けによって、改易《かいえき》を免《まぬが》れたのだ」

　三崎藩は五万石であったが、三万石に減俸された。

「三崎藩は三万石となって、より一層困窮しているんじゃないんですか」

　菊之丞が聞くと、

「ところがさにあらずじゃ」

　鵜飼は右手を左右に払った。

「どういうことでございますか」

「藩主春光公の放蕩三昧《ほうとうざんまい》がなくなったからだ。おまけにな、三崎藩は豊かな土地柄で表高は五万石であったが、実質は十万石。三万石に減らされたとはいえ、実のところ八万石であった。よって、春光公が隠居し、お世継ぎの春定公が倹約《けんやく》をして新田開発と物産の販売に力を入れるようになると、却って豊かになった。今は領内の城下は、それはもう賑《にぎ》わっているそうだぞ」

なるほど、鵜飼が公儀のお蔭だと言うはずである。幕府が三崎藩川瀬家の御家騒動に介入しなければ藩主は春光のまま、それでは領民は重税に苦しめられたままであろう。

「そういう事情でしたか。いや、さすがは鵜飼さま、練達の与力ですな」

菊之丞は素直に礼を言った。

それにしても、加藤はつくづく不運な男である。

加藤ばかりか、藩を罷免《ひめん》された藩士たちの困窮を思えば、隠居させられた春光の放蕩が罪深く思われる。

「藩主たるもの、藩士、領民の暮らしに目を配らねばならぬ。それをせぬ者は失格じゃ。自ら質素倹約に努め、領民、藩士の模範とならなければならないのだ」

鵜飼の持論が展開された。

そんな堅苦しい政《まつりごと》ばかりじゃ息が詰まる、と反論したかったが、

「おせの通りでございます」

ここは鵜飼の顔を立てた。

鵜飼は気を良くしたようで饒舌《じょうぜつ》に政の在り方、町奉行所の役割を語った。菊之丞はあくびを嚙み殺しながら拝聴した。

鵜飼の話が一区切りついたところで辞去しようとしたが、

「三崎藩川瀬家中、心配の種は残っておるな」

と、不穏なことを言い出した。

「ほう、そりゃ、何ですか」

いやが上にも興味が湧いた。

「町奉行所与力のわしが心配したとてどうにもならぬが」

と、鵜飼は勿体をつけてから、

「先代藩主春光公の御落胤《ごらくいん》だ」

と、重々しい口調で言った。

「側室に産ませた子、つまり今の藩主春定公と対立し、家中が二分することになった側室派の旗頭ですか」

菊之丞が確かめると、

「側室が産んだ春義《はるよし》公は春定公との家督争いに敗れ、若くして隠居したが、程なくして病で亡くなった……」

鶉飼の口ぶりは含みを持たせている。春義の死が病死ではなく、春定の意を受けた者による暗殺と想像させる。

「すると、御落胤とは……」

菊之丞は首を捻った。

「春光公が江戸の芸妓《げいぎ》に産ませた男子じゃ」

鶉飼は目を凝らした。

「遊興好きの春光公は高級料理屋で芸者を挙げておられたんですな」

いかにもありそうだ、と菊之丞は思った。

次いで、

「その御落胤、今はどうしているのです」

と、問いかけた。

「わからぬ……わしにはわからぬ。川瀬家は所在を摑んでおるかもしれぬ……少なくとも藩邸には住んでおられぬな」

「じゃあ、芸妓と一緒に江戸の市井《しせい》で暮らしているんですか」

「おそらくはな」

「その御落胤、春定公は気になるんでしょうな。なるほど、鵜飼さまが危惧《きぐ》なさる訳がわかりました」

三崎藩川瀬家には御家を揺るがしかねない火種、先代藩主春光の落とし胤《だね》がいるということか。側室の子、春義派に属したがために冷や飯を食わされている者たちが御落胤を担ぎ出さないとは限らないのだ。

妙斎が三崎藩領を混乱させようとしているのは、御落胤を担ごうとする企てが背景にあるのだろうか。


あくる日、菊之丞は東観寺を訪れた。

境内で一人佇む妙斎がいた。菊之丞に気づき、柔らかな笑みを送ってくる。

「いつもながらご壮健で何よりですな」

菊之丞が語りかけると、

「頑強なる身体だけが取り柄ですのでな」

相変わらず妙斎は穏やかに答えた。

「また、ご謙遜《けんそん》を。ところで、御坊は三崎藩内のどちらの村のご出身でいらっしゃいましたか」

「さて、昔のことですのでな」

「村田村ではないのですか」

すると妙斎の目が凝らされた。

「よく、御存じで」

「そんな気がしたのです。村田村は三崎藩の御家騒動が起きた時、最も激しい一揆が起きたそうですね」

「いかにも。あの時は、村人たちはそれはもう必死じゃった。御家の圧政に命を賭《と》して抗ったのじゃ」

柔和な妙斎の顔が歪《ゆが》み、双眸《そうぼう》が鋭い光を放った。

「御坊のお知り合いもたくさんおられたのでしょう」

「幼馴染《おさななじみ》も顔が脳裏に浮かんでは消えていった。わしを導いてくださった住職さまのお身内も御家に立ち向かっていかれ、命を落とされた」

妙斎は無念そうに唇を噛んだ。

「そのことで三崎藩川瀬家に仕返しをしようとは思われないのですか」

「復讐《ふくしゅう》か。なるほど、人はそんな風に考えてみるものであるのう」

妙斎の顔と声は普段の落ち着きを取り戻した。

「いかにも、そのために三崎藩領内ゆかりの浪人ややくざ者を寺で養い、復讐の機会を窺《うかが》っているのではと」

菊之丞は妙斎とは対照的に厳しい目をした。

妙斎は笑みすら浮かべ、

「わしはそうは思わない。悪意には善意をもって対抗するのじゃ。三崎藩から追われた者はそれぞれに三崎藩に対する思いはあろう。しかし、わしは、そうした思いの者たちに思う存分、楽しんでもらいたいのだ」

「楽しんでもらうとは」

「三崎藩で心ゆくまで散財してもらうのじゃよ」

「その金は、藩札ですか」

「そうですな。藩札を大量に持たせ、三崎藩の城下で心ゆくまで使ってもらう。放蕩と見えるような束の間の贅沢を味わえばよい」

「三崎屋は住職さまの願いを受け入れて、藩札を買い取ったのですか」

「そうじゃ」

「しかし、三崎屋はそれでは赤字だろう」

「そこはそれ、三崎屋はちゃんと算盤《そろばん》を弾いておる。藩札全てをわしに布施としてくれたわけではない。半分は三崎藩内に持ち込み、それで米を買ったり、銭、金に両替し、それを転売してちゃんと利を得ておる。今、三崎城下は大した賑わいになっておるからな。三崎屋も藩札が紙屑《かみくず》にならないどころか、大いに利を得ているという次第じゃ」

誇ることもなく妙斎は淡々と語った。

「うまくやっているわけだ」

「わしは三崎藩に苦汁を舐《な》めさせられた者を三崎城下で心ゆくまで楽しませたい。さすれば、恨みもいやされるというもの」

「そうかもしれないね」

「それがわしのやり方じゃ」

妙斎は境内を見回した。

紺の道着に身を包んだ加藤主水や仲蔵たちが掃除をしたり、参拝に訪れた年寄りの面倒を見ている。

「まこと、お見事な策だ」

「だから、策を施すわけではない」

「おっと、あくまで善意だったな」

「わかってくれたか」

「わかったことにしておくよ」

菊之丞らしい素直ではない物言いだが妙斎はそれ以上の理屈を並べなかった。

ここで鵜飼から聞いた御落胤のことが気にかかった。

「噂で先代藩主春光公には江戸の芸妓に産ませた子供、つまり、落とし胤がいるそうですな」

菊之丞の問いかけは予想外だったようで妙斎の目元がぴくりと動いた。それでもじきに笑みを浮かべて返した。

「その噂はわしも耳にしたことがありますな」

「その御落胤、川瀬家にとって災《わざわ》いにならなきゃいいですがな。御家騒動が再燃しなきゃ……ひょっとして、御坊は御落胤を利用しようとしているのか」

ずばり、菊之丞は妙斎の本音に立ち入った。

「ご冗談を。わしは川瀬家の御家騒動なんぞ望んでおりません。御落胤が何処で何をしておられるのかも存じ上げません」

菊之丞の目を見て返すと妙斎は両手を合わせて立ち去った。

菊之丞は五尺そこその小柄な妙斎の背中が見えなくなるまで見送った。

妙斎が川瀬春光の御落胤と繋がりがあるのか、あったとして三崎藩領を混乱させる企てに利用しようとしているのかは定かではない。

ともかく、妙斎という僧侶を通じて人の情けの裏表に触れることができた。

菊之丞は東観寺の境内を見回した。

大地を焦がす強い日差しが降り注ぎ、伽藍《がらん》が陽炎《かげろう》に揺れている。

「減っているぜ」

手庇《てびさし》を作って菊之丞は呟いた。

増える一方であった悪意が減少している。東観寺に蓄積された悪意は三崎藩領に向かっているのかもしれない。

第三話　駆け込み女房

一

文月一日《ふみづきついたち》の夜、早瀬菊之丞《はやせきくのじょう》は宿直《とのい》であった。

長屋門近くの当番所に夜通し詰める。今夜の当番与力は鵜飼龍三郎《うかいりゅうざぶろう》であった。

暦《こよみ》の上では秋だが、暑さは一向に衰えず、夜更けになっても風は生ぬるく、蟬《せみ》も鳴き止《や》まない。

鵜飼の手前、酒を飲むわけにもいかず、菊之丞は退屈な時を過ごしている。鵜飼は気難しそうな顔で一人碁盤に向かっていた。菊之丞が碁は打たないと誘いを断ったために、詰碁に取り組んでいた。

「今夜、駆け込みがありそうですな」

菊之丞が言うと、

「いい加減なことを申すな」

鵜飼は碁盤から顔を上げようともしない。

駆け込みとは、駆け込み訴え、つまり直訴《じきそ》である。南北町奉行所は暮れ六つ（午後六時）に門を閉ざしてからも直訴を受け付けている。そのため、正門である長屋門の右隣に設けられた潜《くぐ》り小門は閂《かんぬき》を掛けないのだ。

直訴の町人が潜り小門越しに、「お願いでございます」と声をかけると、門番は小門を開けてくれる。訴人が奉行所内に入ったら、門番は手丸提灯《てまるぢょうちん》で当番所まで連れて行き、「駆っ込み！」と怒鳴《どな》るのが定法《じょうほう》だ。

それから四半時《しはんとき》程は平穏の内に過ぎたが、

「駆っ込み！」

という声が響き渡った。

「早瀬、おまえが余計なことを申すから……」

門番の発する駆け込み訴えの声を耳にし、鵜飼は顔を歪《ゆが》め、碁盤を座敷の隅に移動した。

「だから言ったでしょう。黙って座ればぴたりと当たる、観相《かんそう》の達人、水野南北《みずのなんぼく》先生直伝《じきでん》のおれだって……もっとも、駆け込みがありそうだと言ったのは観相ではなく、当てずっぽですがね」

菊之丞は退屈が紛《まぎ》れる、と不謹慎で余計なことを言い添えた。

「まったく、お気楽な奴《やつ》だ」

平穏な短夜を破られ、鵜飼は苦虫を噛《か》んだような顔をした。

程なくして小者《こもの》に連れられ女がやって来た。

髪がほつれ、着物が着崩れている。草履《ぞうり》を帯に挟《はさ》み、裸足《はだし》で駆けて来たようだ。

菊之丞は小者にすすぎの水を用意させた。

女は盥《たらい》で足を洗ってから当番所の土間に正座した。土間には茣蓙《ござ》が敷かれている。

鵜飼立ち会いで菊之丞が訴えを聞いた。

女は新川《しんかわ》にある酒問屋寿屋《ことぶきや》の主《あるじ》茂平《もへい》の女房で勢《せい》と名乗った。

水を飲み、汗が引いた頃合いを見て菊之丞は訴えを確かめた。

「亭主を殺しました……」

消え入るような声でお勢は言った。

鵜飼は両目を見開いた。

聞こえなかったと危惧《きぐ》したのか、

「亭主を殺したんです。お役人さま、どうか、あたしを死罪にしてください」

今度は声を大きくしてお勢は訴えかけた。

鵜飼が菊之丞を見た。菊之丞に取調べを任せると言いたいようだ。

「おいおい、藪《やぶ》から棒に死罪はないぞ。まあ、ちゃんと順序立てて話してくれよ。本当に亭主を殺してきたんだとしたら、とてものこと、順序立てては説明できないだろうがな。ともかく、話せる範囲でいいから……急がなくていいぞ」

お勢を気遣いながら菊之丞は語りかけた。

お勢はうつむいて思案をしてから、

「亭主は台所に入って来て、あたしの料理に散々悪口を言い立てて、あたしに……あたしを足蹴《あしげ》にして、それはもう怖くて……ほんと、あたし、怖くて、それであたし、身を守ろうとして……本当は殺す気なんてなかったんです。本当です。亭主を殺す気なんかなかったんです」

語り出したはいいが、お勢の話は支離滅裂《しりめつれつ》であった。無理もない、亭主殺しで自首して来たのはいいが、混乱の極みであろう。

書き役の同心は筆を取ったもののほとんど筆を動かせないでいる。

おおよそ要領を得ない話であるが、察するにお勢は殺したくて殺したのではなく、夫婦喧嘩《げんか》、いや、亭主の横暴に抗《あらが》う内に殺してしまった、ということだろう。

まず、基本的な事項から確かめた方がよさそうだ。

「殺しについては現場で立ち会って確かめるとして、そなたの履歴、亭主の履歴を教えてもらおうか」

菊之丞が問いかけると鵜飼もそれがいいと賛同した。

お勢はおもむろに語り出した。


お勢は二十三歳、茂平の後妻であった。

三年前、寿屋で女中奉公していたのを茂平に後添いにと見初《みそ》められたのだった。

茂平は四十三歳、五年前に女房に先立たれた。寿屋は分家である。寿屋本舗が本家で新川にある酒問屋組合の肝煎《きもい》りを務める老舗《しにせ》だ。茂平は商い上手で得意先を広げ、本家を凌《しの》ぐ発展ぶりだとか。

二十歳も年上、父親ほどの茂平は夫婦になった頃はとても優しかった。

女中上がりという劣等意識を持ったお勢を気遣ってもくれた。女中上がりだという蔑《さげす》みの声を窘《たしな》めもしてくれた。

「ですが、それも長続きはしませんでした」

お勢は投げやりな口調になった。

半年過ぎる頃には家を空ける日が多くなった。酒問屋仲間の会合と称して出かけて行き、料理屋で芸妓《げいぎ》を挙げて遊ぶようになったのだ。

「でも、その頃はまだよかったんです」

お勢は嘆《なげ》いた。

一年も経過すると、茂平は出かける理由も告げずに遊び出した。しかも、妾《めかけ》を囲うようにもなったのである。

「それでも、あたしは、文句は言えません。身寄り頼りのない女中を大店《おおだな》の後妻に迎えてくれたんですからね」

お勢の目から一筋の涙が頬《ほお》を伝い落ちた。

「身内はいないのか」

菊之丞が確かめると、

「十年前、火事で二親《ふたおや》を亡くしました。兄弟はいません。親戚はいますが、親の生前から疎遠《そえん》で……」

両親の葬式に来たきり、付き合いはないという。十三で天涯孤独の身となったお勢は住み込みの女中奉公をした。寿屋は女中奉公を始めて三軒目だそうだ。

辛酸《しんさん》を舐《な》めてきたからこそ、茂平との暮らしは大事にしたかった、茂平の良き女房になりたかったとお勢は涙ながらに話を締め括《くく》った。

話している内に悲しみが募ったようだが落ち着いてもきたようだ。

お勢が亭主を殺した背景は理解できた。

「それで、今夜のことを聞こうか」

改めて菊之丞は問いかけた。

今度ははっきりとした口調でお勢は語り出した。

「夕餉《ゆうげ》を出したのです」

茂平の好物である玉子ふわふわの他、泥鰌《どじょう》の丸煮、茄子《なす》の煮びたしを作り、食膳を用意した。

「しかし、亭主は気に入らなかったんです」

虫の居所が悪かったのか茂平は料理に文句をつけ出した。お勢はひたすら謝ったが承知をせず、

「作り直せ、と亭主に命じられたんです」

お勢はもう一度台所に立った。茂平に気に入ってもらおうと心を込めて調理をしていた。

「そこへ、亭主がやって来ました」

茂平はお勢が調理をしている横で文句をつけてきた。

「口うるさく、味付けばかりか包丁の使い方にまでなっていない、となじったんです」

お勢は途方に暮れてしまい、「できません」と泣き出した。

「亭主は余計に怒りました。それから、口だけじゃなくって……」

茂平は激昂《げっこう》してお勢に暴力を振るった。髪を摑《つか》んで引きずり回し、足蹴にした。お勢は土下座をして許しを請うた。ところが茂平はお勢を許すどころか怒りは暴走の一

途を辿《たど》った。

包丁を握り、

「俎板《まないた》に手を出せって……」

震える声で言うと、お勢は身をすくめた。

茂平はお勢の指が役立たずだと切ろうとしたそうだ。

「むごいのう」

思わずといったように鶏飼は顔を歪めた。

肩を震わせながらお勢は続けた。

「それで、怖くて……あたし、無我夢中で亭主を突き飛ばしました」

茂平はお勢の反撃を予想していなかったために、まったくの無防備であった。

もんどり打って後方に倒れ、後頭部を柱に打ち付けた。

「亭主は動かなくなりました……」

お勢は自分のしでかした所業に茫然《ぼうぜん》となったが、ともかく奉行所に訴えようと夜道を急いだのだった。

「家には他に誰かいなかったのかい」

菊之丞は問いかけた。

「毎月一日は、早仕舞いをするんです」

茂平は仕事には厳しいが奉公人を大事にしていた。奉公人がやる気をもって働かないと店は発展しない、と考えていたのだ。このため、一日は早仕舞いをし、奉公人は家に帰し、各々《おのおの》が好き勝手に過ごせるようにした。

寿屋には通いと住み込みの奉公人がいる。住み込みは店内ではなく、茂平が家主となっている長屋に住んでいた。従って、今夜は茂平とお勢しか残っていなかったのだった。

「おおよその事情はわかった。後は寿屋で話を聞こうか」

菊之丞は腰を上げた。

「しかと頼む」

鵜飼は厳しい口調で頼んでから、検死をする医者の手配をした。菊之丞は小者に薬研《やげん》の寅蔵《とらぞう》への連絡を頼むとお勢を伴い新川の寿屋へ向かった。

鵜飼には言わなかったが菊之丞は違和感を抱いていた。

観相の見立てでは、お勢に死相が表れていないのだ。お勢は亭主殺しで自首をした。

いかなる理由があろうと亭主を殺せば死罪は免《まぬが》れない。実際、お勢も死罪覚悟で駆け込んで来たのだ。

どういうことだろう。

まだまだ、観相修業が足りないのだろうか。

ともかく、菊之丞は夜道を急いだ。

二

寿屋に着いた。

夜更けの店内は静かだ。お勢の証言の通り寿屋に人気《ひとけ》はない。御用提灯で照らしながらお勢の案内で店の裏手に回り、台所に入った。掛け行灯《あんどん》の淡い灯《あか》りに茂平らしき男が倒れているのがわかった。

待つ程もなく、寅蔵がやって来た。

「殺しだそうで」

寅蔵は一杯入っているようで目元が赤らんでいた。夜空を彩った花火は打ち上げが終わっている。

「女房の亭主殺しだ」

菊之丞は土間に倒れる男に向かって提灯を掲げた。

胸には包丁が突き立っている。

証言と違う、と菊之丞がお勢に語りかけようとしたところで、

「きゃあ〜」

耳をつんざくような悲鳴をお勢は上げた。

お勢は土間にへたり込んで、

「あたし……包丁で刺してなんかいません」

と、震える声で言った。

寅蔵がお勢の側《そば》に寄り、大丈夫ですかと気遣った。菊之丞は茂平の亡骸《なきがら》を検《あらた》めた。

柱のすぐ側で茂平は倒れていた。包丁による刺殺であることは一目瞭然《いちもくりょうぜん》である。

後頭部を手で探ると瘤《こぶ》が出来ていた。お勢が突き飛ばした時に柱にぶつかって出来たのであろう。

お勢の証言を信じるのなら、茂平は柱に後頭部をぶつけて失神した。それを、取り

乱したお勢は亭主を殺してしまった、と思い込み、南町奉行所に駆け込んで来たという経緯になる。

　菊之丞はお勢を促《うなが》した。

　寅蔵に助けられ、お勢は歩み寄って来た。

「寅、茂平と同じくらいの背格好だな」

と、言ってから、

「お勢さん、辛《つら》いだろうがどんな具合に亭主を突き飛ばしたのかやってみてくれ」

と、お勢に頼んだ。

「わ、わかりました」

　戸惑いながらもお勢は承諾した。

「寅、十手《じって》を包丁替わりにしろ」

　菊之丞が命じると寅蔵はわかりましたと腰の十手を抜いた。

「お勢さん、亭主の暴れぶりをやってくれ」

　菊之丞の頼みに、

「すみません。びっくりしてしまいまして、ほとんど覚えていないんですけど」

と、正確には再現できないと答えた。

「思い出せる程度でいいよ」

菊之丞に促され、

「亭主は怖い顔で怒声を浴びせました」

お勢は答えた。

「寅、ぼけっとしてないで、怒鳴れ」

菊之丞は寅蔵の頭を小突いた。

「へ、へい」

慌《あわ》ててうなずくと、

「てめえ、舐めるんじゃねえぞ！」

と、寅蔵は怒鳴ったものの、素人《しろうと》の芝居とあってぎこちない。

「亭主は、包丁はどうした。ちらつかせただけか。それとも、振り回したのか」

菊之丞はお勢に確かめる。

「頭の上に掲《かか》げて、脅《おど》しました」

お勢が答えると、

「こんな風か」

と、寅蔵は右手の十手を頭上に掲げた。

「それで、亭主はその場から動かなかったのか」

菊之丞が問いを重ねる。

「いえ……あたしに向かって来たんです」

お勢の証言通り寅蔵は踏み出した。

「それで……」

更に菊之丞から聞かれ、

「目の前に来た時に」

というお勢の証言に従って寅蔵がお勢の前に立った。

すると、

「きゃあ〜」

その時の恐怖が蘇《よみがえ》ったのかお勢は絶叫し、寅蔵を突き飛ばした。寅蔵は思いのほかにお勢の強い力に仰天《ぎょうてん》し、後方に吹っ飛んだ。その拍子に芝居ではなく、後頭部を柱に打ち付けてしまった。

「いててて」

寅蔵は後頭部を手でさすり、しばらく横になっていた。

「すみません」

お勢は寅蔵に詫《わ》びた。

「構わねえよ」

菊之丞が言う。

「ええ、心配ねえですよ」

寅蔵もお勢を気遣った。

「寅は石頭だから気を失うことはなかったが、亭主は気絶したんだろう。それを見てあんたは死んだ、つまり、自分が殺してしまった、と思い込んでしまったってわけだ」

推量を語りながら菊之丞はお勢に死相が表れていないことを納得した。茂平を殺していないのだから死罪には処せられないのである。

菊之丞の推量を聞き、お勢は呆《ほお》けた顔になりへなへなと頽《くずお》れた。

「よかったじゃないですか」

と、寅蔵は声をかけたが、

「あ、いや、よくはないですね。ご亭主は殺されたんですからね」

慌てて言い繕《つくろ》った。

「はあ……では、亭主は誰に……」

お勢は菊之丞を見上げた。

「それをこれから探索することになるな」

菊之丞は手で顎《あご》を掻《か》いた。

「絶対、捕まえてやりますよ」

寅蔵も意気込んだ。

「あんたが南町奉行所に訴えに来た、その隙《すき》に下手人は亭主を殺した、ということになるな。あんたが奉行所に来ている間、一体、何があったのか……」

菊之丞は明り取りの天窓を見上げた。

月のない闇夜だが満天の星が瞬いている。

「そこですよね。一体、何があったんでしょうね」

寅蔵も唸《うな》った。

そこへ、検死を行う医師小幡草庵《おばたそうあん》がやって来た。

「先生、こんな夜分にすまないな」

一応菊之丞は草庵を気遣った。

「なに、構わん……頼られている内が華だ。で、仏は……あれだな」

草庵は茂平の亡骸の脇にしゃがみ込んだ。亡骸の着物を脱がせ、入念に検死をしてゆく。しばらくして、

「包丁の刺し傷は心の臓に達しておる。それが致命傷だな。それほど血が流れていないのは、包丁が栓の役割をしたんだろう」

と、診立てた。

菊之丞が、

「後頭部の瘤はどうだ」

と、問いかけた。

「あれは、単なる瘤じゃな。放っておけば十日くらいで治る」

草庵はさらりと言ってのけた。

お勢の証言と草庵の検死結果に矛盾はない。

「お勢さん、濡《ぬ》れ衣《ぎぬ》が晴れましたぜ」

寅蔵がお勢に声をかけた。

お勢は自分の罪を認めて自首したのだから、濡れ衣ではないのだが、その言葉に違和感はない。

そのせいか、

「ありがとうございます」

お勢も礼を言った。

「本当に良かったですね」

まるで一件落着したかのように寅蔵は満面の笑みとなった。

たちまち、

「馬鹿、まだ良くはないぞ！」

菊之丞の注意が飛ぶ。

寅蔵はぺこりと頭を下げた。

「まずは、聞き込みだな」

菊之丞は言った。

「わかりました」

寅蔵は意気込んで出て行こうとしたが、

「ちょっと待て」

菊之丞は引き止める。

「な、何ですよ」

出鼻を挫《くじ》かれ、寅蔵はおやっとなった。

「まずは、お勢から始めなきゃ駄目だろう」

菊之丞はお勢に向かって顎をしゃくった。

「でも、お勢さんの濡れ衣は晴れたんじゃないんですか」

寅蔵が反論と疑問を返すと、

「明らかになったのは、突き飛ばして後頭部を柱で打ったのが茂平の死因じゃなかったということだ。お勢が包丁で刺殺した可能性は否定できんのだぞ」

お勢を前にしながらも菊之丞は遠慮会釈《えしゃく》のない言葉を発した。

「わかりました。何でも聞いてください」

神妙にお勢は申し出た。

改めて寅蔵が話を聞こうとしたところで、

「おかしいな」

草庵が声を上げた。

「どうしました」

寅蔵が目を向ける。

「血の臭《にお》いが濃すぎるぞ」

妙なことを草庵は口に出した。

「だって、そこに」

寅蔵は茂平の亡骸を指差した。

「だから、包丁が栓の役割をしているから、それほど血は流れていないと申したではないか。わからん奴だな」

草庵は顔をしかめた。

菊之丞が、

「おい」

と、呟《つぶや》いたと思うと、台所を大股《おおまた》で横切りへっついに歩み寄る。寅蔵もついてゆく。

菊之丞が提灯を翳《かざ》すと、

「うわあ！」

思わず、寅蔵は叫び立てた。

三

掛け行灯の灯りが届かなかった暗がりに男が倒れている。

絣《かすり》の着物に血が点在し、口からは黒い血が溢《あふ》れ出ていた。男は歳の頃、二十四、五、白目がむかれ、苦悶《くもん》の表情で固まっている。一目で死んでいるのがわかった。

草庵が亡骸を検めた。

「お勢さん」

菊之丞はお勢を呼んだ。こわごわとした顔つきでお勢はやって来た。

「し、し、新吉《しんきち》さん……」

お勢は舌をもつれさせ、驚きの顔で立ち尽くした。

「知り合いか」

菊之丞の問いかけにうなずき、

「手代《てだい》です」

お勢は短く答えた。

すると草庵が、

「石見銀山《いわみぎんざん》を飲んでいるな」

と、亡骸の脇に屈《かが》みながら診立てた。続いて寅蔵が、

「湯呑と徳利《とっくり》が転がっていますぜ」

と、湯呑と徳利を手に取った。

菊之丞は徳利を持ち、左右に振った。中の音からして、まだ半分程入っている。

「さすがは酒問屋だ。上等な清酒の匂いだぜ」

もちろん、匂いを嗅《か》いだだけで味わうことはなく、菊之丞は徳利を草庵に渡す。草庵は徳利を傾け、掌《てのひら》にごく少量の酒を垂らした。澄んだ清水の如《ごと》き水滴から芳醇《ほうじゅん》な酒の匂いが漂う。

草庵は鼻に近づけ、次いで舌で舐める。何度かうなずくと、

「石見銀山が入っているな」

と、断じた。

それを受け、

「新吉は石見銀山入りの酒を飲んだ。だが、着物に点々と付着する血は毒が原因ではない。臓腑《ぞうふ》のただれではない真っ赤な血の色だからな。つまり、茂平を刺した返り血だろう」

菊之丞は推量した。

草庵も同意した。

「そういうこってすか」

寅蔵も納得した。

お勢は両手で顔を覆い、全身をわなわなと震わせた。

「こら、どういうことでしょうね」

寅蔵は当惑したように呟いた。

「状況からすれば、お勢が南町奉行所に向かった後、新吉が茂平を包丁で刺し殺し、その後、毒を飲んで自害した、ということになるな」

と、考えを述べ立ててから菊之丞はお勢に向かって、

「新吉が茂平を殺す理由、思い当たるかい」

と、問いかけた。

お勢は身をすくめながら、

「亭主は新吉さんに辛く当たることが多かったです……新吉さんが亭主を殺す程の恨みを抱いていたかどうかはわかりませんが……いえ、たとえ恨んでいたとしても、新吉さんが亭主を殺すなんて……そんな、そんな、あたしには信じられない。新吉さんが亭主を……新吉さんも自害したなんて、信じられない」

お勢は困惑の極みに達した。

「これで決まりですよ」

寅蔵は決めつけた。

「本当に新吉さんが亭主を殺したんでしょうか」

お勢が戸惑っている。

「寅は早合点《はやがてん》が過ぎるんだ」

菊之丞は寅蔵の早計ぶりを窘めたが、

「でも、そういうことしか考えられないと思いますよ。ねえ、お勢さん」

懲《こ》りずに寅蔵はお勢に賛同を求めた。

「あたしには、新吉さんが人を殺すなんて信じられません。新吉さんは、それはもうとっても心優しい方なんです」

と、当惑をしながら新吉がいかに親切なのかを語った。茂平のお勢に対するいじめは激しくなっており、奉公人の前でも平気で面罵したという。お勢はそれに耐えていた。そんな時、新吉はお勢を励ましてくれたという。

「新吉も茂平から罵倒《ばとう》されていたのか」

菊之丞が確かめると、

「そうなのです。怒鳴られ、足蹴にされ、事あるごとに暇《ひま》を出す、と脅されていました」

力なくお勢は言った。

「茂平への恨みを募らせていただろうな」

菊之丞が確かめると、

「そうかもしれません」

お勢は認めた。

「寅、近くの番屋に仏さんを引き取らせ、周辺の聞き込みをしろ。寿屋に新吉以外で出入りした者がいないか確かめるんだ。おれは奉行所に戻って鵜飼さまに報告する」

菊之丞の指示を受け、寅蔵は首肯《しゅこう》した。

「あの……あたしは」

おずおずとお勢が菊之丞に指示を求めた。

「あんたはひとまず家にいな。但し、外出は控えなきゃいけないよ」

言い置くと菊之丞は南町奉行所に向かった。

菊之丞は奉行所に戻った。

鵜飼は、菊之丞がお勢を伴っていないことを訝《いぶか》しんだ。

「状況が大きく変わったんですよ」

菊之丞は寿屋での出来事をかいつまんで語った。

「なんと……思いもかけぬ展開となったものじゃな」

鵜飼は唸ってから、

「すると、お勢は亭主を殺したと思い込んで奉行所に駆け込んだが、それは思い違いであった。ところが、その後、亭主は手代に殺された。日頃より手代は亭主から虐《いじ》められており、その恨みを晴らした……そして、亭主を殺した罪悪感で自害した、ということだな」

「一見、その通りですな」

菊之丞は持って回った言い方をした。

「何じゃ、思わせぶりな物言いをしおって」

鵜飼は苦笑した。

「奇妙なんですよ」

菊之丞は太い猪首を捻《ひね》った。

「奇妙というのはおまえの観相に照らしてということか」

冗談とも本気ともつかない顔で鵜飼は問いかけた。

「駆け込みの際の観相では、お勢は亭主を殺していなかったんですよ。お勢の顔に死相は表れていなかったんでね」

「どういうことだ。わかるように申せ」

鵜飼は興味を抱いたようだ。

「駆け込みに来た時、お勢に死相は見られなかった。亭主を殺した、と自首したからにはお勢は死罪を覚悟していたはずですね。それで、おれはお勢の訴えに疑問を抱きながら寿屋の現場に行った。すると、お勢が茂平を殺したんじゃないってわかった。しかし今、お勢には悪相が表れたんですよ」

菊之丞が説明を加えても、

「ふ～ん、観相のことはよくわからんが、ともかく、お勢は無実ということでよかろう」

鵜飼は結論付けた。

「それは、早計ですね」

菊之丞は異を唱えた。

「吟味《ぎんみ》に観相を加えるわけにはいかぬぞ」

鵜飼はむっとした。

「観相じゃないですよ。八丁堀同心としての考えです。大きな疑問があるんですよ」

「聞こうではないか」

吟味方与力の威厳を示すように鵜飼は胸を反らした。

「新吉はどうして自害したんでしょうね」

「主人を殺したのを悔いたからだろう」

「恨んでいたんですよ、恨みを晴らしてやったと、晴れ晴れとした気分にこそなれ、悔いるものですかね」

「殺しが発覚し、お縄になるのを恐れたのではないか。死罪になるのなら自分で死を選んだのだ」

自信たっぷりに鵜飼は返した。

「捕まることを恐れたでしょうかね。今夜、奉公人たちは店にはいなかった。自分が寿屋に戻ったことが見つからなければ、お縄にされない、と思ったから茂平を殺したんじゃないですか」

菊之丞の推量を受け、

「それでも、南町の探索が進めば、怪しい者として新吉が浮かび上がる。お縄になるのは免れない、と観念したのだ」

鵜飼は再び反論を加えた。

「それにしても、殺した直後に自害するものですかな」

納得できず菊之丞は腕を組んだ。

「ならば、新吉は殺されたと申すか」

厳しい顔で鵜飼は問いかけた。

菊之丞は大きくうなずいた。

「すると、まだ落着はしていない一件として探索を続けたいのだな」

鵜飼は強張《こわば》った表情を緩《ゆる》めた。

「お願いします」

菊之丞は軽く頭を下げた。

「よかろう。探索を許す」

鷹揚《おうよう》に鵜飼は返した。

四

五日、茂平の葬儀が終わり、寿屋では店を再開することになった。

茂平殺しの下手人《げしゅにん》は新吉とされ、お勢はお咎《とが》めなしと裁許された。寅蔵の聞き込みでは犯行が行われた頃、新吉を除いて寿屋に出入りした者は見つからなかった。このため、新吉は自害と断定されたのだった。

番頭の雁次郎《がんじろう》が、

「女将《おかみ》さん、ちょっと」

話があると耳元で囁《ささや》いた。

雁次郎は茂平の父の代から四十四年に亘《わた》って奉公している。

お勢はうなずくと、小座敷に入る。雁次郎は、悔みの言葉を厳《おごそ》かな顔で述べ立てた後に、

「寿屋本舗、つまり本家と今後の寿屋と女将さんについて相談したんです。女将さんにはこれまでの御礼金を差し上げますので……」

言いにくそうに雁次郎は言葉尻を曖昧《あいまい》にした。

「寿屋から出て行け、ということですか」

お勢は問い直した。

「まあ、とどのつまりは……そういうことで」

白髪頭を手で掻きながら雁次郎は認めた。

「それで、寿屋はどうするのです。番頭さんが主人になるのですか」

「わしは奉公人です。主になるとしたら、暖簾分けをして構える小さな店です。寿屋の主人には本家から養子入りなさいます」

寿屋本舗の次男坊が寿屋に養子入りして主となるそうだ。

「手回しがいいこと……」

冷めた口調でお勢は言った。

「礼金は女将さんの今後の暮らしに不自由のないような額を用意させて頂きます。どうぞ、ご心配なく」

慇懃《いんぎん》に雁次郎はお辞儀をした。

「不自由のない暮らし……およそ、いくらくらいかしら」

お勢は雁次郎を見返した。

雁次郎は思案するようにしばらく口を閉ざした後に、

「三百両……程でございますな」

雁次郎は答えた。

「まあ、三百両……それは思いもかけない金額ですね」

お勢は満面の笑みを浮かべた。

お勢が満足していると見て雁次郎も笑みを深め饒舌《じょうぜつ》に語り出した。

「女将さんは亡き旦那《だんな》さまに尽くしてくださいました。旦那さまの後添いになられる以前からも、寿屋のために奉公してくださいました。わしら奉公人一同、それはもう感謝しております。本家も同様です。三百両の礼金はせめてもの感謝の気持ちです。どうぞ、遠慮なくお受け取りください」

するとお勢の表情が強張った。

しおらしい女中上がりの従順な女房の姿には不似合いな剣呑《けんのん》さである。

雁次郎は気圧《けお》された。

「手切れ金三百両で追い出そうって言うのかい」

物言いも伝法なものになった。

「手切れ金ではなく……それに、追い出すだなんて」

「三百両とはずいぶんと安く見られたもんだ。番頭さん、あたしを女中上がりだって……今でも女中だって見下しているんだろう」

激しい口調となってお勢は雁次郎を責め立てた。これまでの鬱屈《うっくつ》した思いが堰《せき》を切ったようである。

「い、いや……」

思いもかけぬお勢の逆襲に雁次郎もたじたじとなる。

「あたしは出て行かない」

決然とお勢は言った。

雁次郎はまじまじとお勢を見返し、

「お勢さん、なら、どうしなさるんですか」

戸惑いの目で問いかけた。

「あたしが寿屋を切り盛りします」

お勢が決意を語ると、

「寿屋の主人になる……あんたが……」

雁次郎は小馬鹿にしたように失笑を放った。

「女中に何ができるって思っているのかい」

「そうだよ。あんた、思い上がるんじゃない。うまいこと旦那さまをたらし込んで後妻にしてもらった……それで満足するのがあんたの精一杯の力量なんだ。身の丈に合った暮らしをしなきゃ不幸になるよ。商いにど素人のあんたが寿屋の主になったら、あんただけじゃない、店の奉公人もお得意さまも不幸せになるんだ。悪いことは言わない。手切れ金を貰《もら》って、好きな所で暮らすんだ。あんたは別嬪《べっぴん》だし、まだ若い。若い男と所帯を持つのもよし、何処《どこ》かの大店の主の女房になるもよしだ」

こんこんと雁次郎は諭《さと》すように説得にかかった。

お勢は薄笑いを浮かべ、

「お気遣いありがとう。あたしの暮らしは自分で決めます。寿屋を切り盛りします」

頑として譲らない。

「お勢さん、あんたに商いができますか」

雁次郎は苛立《いらだ》ちを示した。

「見くびらないでくださいな」

平然とお勢は返した。

「見くびりたくもなるじゃないか。あんたが主となって誰がついてゆくんだね。奉公人はみなそっぽを向きますよ。店を辞めるものが次々と出るだろうね。奉公人ばかりじゃない。お得意さまだって離れてゆくよ。一年、いや、半年と持たないだろうね」

　淡々と雁次郎は見通しを語った。

　それでもお勢は動ずることなく、

「番頭さんはどうするの。あたしが主になったら、店を辞めるのかい」

　と、真正面から問いかけた。

「わしは先代から二代に亘《わた》ってお世話になりましたから、ご恩返しに奉公を続けたいと存じます」

　雁次郎は言った。

「店が潰れるまでの間に他の奉公先を見つけるつもりなんじゃないのかい。それとも、独り立ちの準備かい。お得意さまをごっそりと引き抜く魂胆だろうさ」

　お勢はせせら笑った。

　雁次郎も薄笑いを浮かべ、

「さてどうですかな。ともかく、あんたについてゆく奉公人はおりませんよ。死んだ新吉を除いてね」

　憎らしい程の冷静な口調で雁次郎は言った。

「給金を倍にしてあげたらどうだろうね」

お勢は雁次郎を見返した。

「そんなことをしたら、店が赤字ですよ。遠からず潰れます」

雁次郎は笑った。いかにも素人の思い付きだと言わんばかりである。

「赤字にはならないわ」

毅然《きぜん》とお勢は返した。

雁次郎はおやっとなった。

「番頭さん、随分《ずいぶん》とお店のお金に手をつけているね」

「な、何を藪から棒に……」

「本所《ほんじょ》吾妻橋《あづまばし》の袂《たもと》にお光《みつ》さんという女がいるね」

「ええ……」

「あんた、時々、店を抜けては通っているじゃないか。しかも、お店のお金を持って。他にもあちらこちらの料理屋で掛《かけ》をこさえているね」

「それは旦那さまが……」

渋面《じゅうめん》となって雁次郎は言い返した。

「卑怯《ひきょう》だね、あんた。旦那のせいにして飲み食いをしてきたんじゃないか。あんたが店からくすねたのはとんでもない金額だよ。くすねたなんて可愛いもんじゃない。猫ばばや使い込み程度じゃないね。盗みだよ。あんた盗人だ」

お勢は懐中から帳面を取り出し、雁次郎の前で広げた。

そこには、雁次郎が店から持ち出した金と日付が克明に記されている。

「こ、これは……」

雁次郎の額《ひたい》に脂汗が滲《にじ》んだ。

「新吉さんがね、ちゃんと調べ上げてくれたんだよ」

新吉は算盤《そろばん》が達者で店の勘定を扱う一人だった。

「これが表に出たら、あんた、店から追い出されるだけじゃなくって、御奉行所に突き出されたって文句を言う者はいないよ」

お勢は目を尖《とが》らせた。

「それは、勘弁してください」

雁次郎は唇を震わせた。

「両手をつきな」

冷然とお勢は命じた。

「この通りです」

雁次郎は土下座をした。

しばらく見下ろしてから、

「……ま、いいだろう。勘弁してやろうじゃないか。しかも、番頭のままでいいよ」

雁次郎はさっと顔を上げ、感謝の言葉を口に出した。

「但し」

強い口調でお勢は雁次郎の言葉を遮《さえぎ》った。

雁次郎はぴくっとなった。

「番頭としてあたしを盛り立てるんだ。あたしが主だって、みんなを納得させるんだ。もちろん本家にもね。店の仕切りは任せるよ。但し、財布の紐《ひも》はあたしが握る。あんた、あたしを見くびっているけどね、あたしは、新吉さんに算盤を教わったんだ。帳面の見方も学んだんだよ」

お勢は有無を言わさない強い口調で言い立てた。

「は、はい」

雁次郎は首をすくめる。

「お金を誤魔化《ごまか》そうとしたって無駄だよ。誤魔化したらすぐに御奉行所に突き出すからね。大人しく番頭の仕事をきっちりやるんだ」

お勢は釘《くぎ》を刺した。

「わかりました」

殊勝に雁次郎は返事をした。

「明日の朝、みんなを集めるんだ」

お勢の言葉に、最早《もはや》雁次郎は、逆らいはしなかった。

小座敷に入って来た時と立場が逆転し、雁次郎はお勢の手先と化した。

雁次郎が出ていってから、

「うまくいった」

お勢はほくそ笑んだ。

奉行所も欺《あざむ》いた。

茂平を新吉に殺させ、口封じのために新吉をお勢は殺した。

後妻になった当初、お勢は幸せを噛み締め茂平に尽くそうと思った。ところが、茂平の暴力、浮気に悩み、ついには愛想をつかした。いや、茂平から離縁を言い渡され、寿屋から追い出されるかもしれない。

それなら、こっちが寿屋を乗っ取ってやる、と決意したのだ。店の帳場を預かる一人、新吉に近づき、算盤を教わった。以前から新吉がお勢に好意を抱いていると気づいていたため、新吉をたらしこもうと算段したのだ。

まんまと新吉はお勢の術中に嵌《はま》った。

新吉はお勢に夢中になった。

加えて新吉は日頃から茂平に辛く当たられており、茂平への恨みを抱いていた。お勢も茂平から虐待《ぎゃくたい》されている。お勢は新吉に茂平殺しを持ちかけた。一日の夜、奉公人がいなくなってから盗賊に襲われたことにして茂平を殺すよう頼んだ。

茂平が死んだらお勢が寿屋の主となる、ついては新吉は番頭としてお勢を支え、数年後には夫婦になる、というお勢の企てに新吉は乗ったのだ。

お勢は台所に茂平を呼び、いきなり突き飛ばした。茂平は柱に後頭部を打ちつけて倒れた。そこへ、新吉が包丁で襲いかかり茂平を刺殺した。

お勢は新吉に感謝し、とっておきの清酒で祝杯を挙げた。清酒の中には石見銀山を入れ、自分は口にしなかった。

茂平は関東地回りの酒を売り出していることから、上方《かみがた》の清酒は奉公人に飲むことを禁じていた。ただ、自分の晩酌《ばんしゃく》には清酒を飲み、その清酒は奉公人の手が届かない台所に置いていたのだった。

禁断の清酒とお勢との暮らしに酔いながら新吉はあの世に旅立ったのだ。

我ながら自分の才覚にお勢は酔った。

明くる朝、店に奉公人が集まった。

帳場にはお勢、横に雁次郎が座っている。主人を失った寿屋の奉公人たちは不安そうだ。

雁次郎が、

「みんな、旦那さまが亡くなり、寿屋の行く末、自分たちの暮らしがどうなるか心配しているだろうね。それで、今後の寿屋について聞かせようと思って集まってもらったんだ」

と、前置きをしてからお勢が寿屋の主になるとみなに告げた。

奉公人たちは顔を見合わせざわめいた。

「静かになさい」

雁次郎が窘める。奉公人たちの視線がお勢に集まった。

お勢はみなを見回しゆっくりと語り出した。

「みんなも知っての通り、あたしは女中だった。旦那さまに望まれて後添いに入った。旦那さまには感謝してもしきれない。あんな不幸な亡くなり方をなさって、あたしは旦那さまの恩に背《そむ》くように寿屋からは出て行けない……恩返しをしなきゃ……だから、あたしは旦那さまの跡を継いで寿屋を営もうと思ったんだ。あたし一人だったら、無理に決まっている。でもね、みんなと一緒なら……みんなの力を借りるなら出来る。みんな、あたしと一緒に寿屋を盛り立てておくれな……」

お勢は熱っぽく語り、やがて涙を啜《すす》り上げた。

ここで雁次郎が、

「女将さんはみなの給金を倍にしてくださるそうだよ」

と、告げた。

誰言うともなく、

「女将さん、やりましょう」

という興奮した声が上がった。

それから続々と賛同する奉公人が続いた。

「みんな、ありがとう」

お勢は涙で腫《は》らした目をみなに向けた。

五

菊之丞は寅蔵と町廻りをしていた。

秋の訪れを微塵《みじん》も感じさせない強い日差しに菊之丞は手庇《てびさし》を作りながら言った。

「新川の寿屋を覗《のぞ》くか」

「ああ、そう言えば寿屋、どうしたんでしょうね。主人の茂平が死んで本家から養子を迎えるっていうのが常套《じょうとう》でしょうが」

寅蔵が返すと、

「そう言えば、寿屋は分家だったな」

菊之丞は顎を掻いた。

「主人だった茂平がやり手で本家を凌ぐ程に発展させたそうなんですよ」

「そうか」

商いに興味のない菊之丞は生返事だ。

「茂平はお得意先を広げていったそうですよ」

茂平は上方から下ってくる清酒よりも関東地回りの安い酒を大量に扱い始めたそうだ。高級料理屋ではない小料理屋や縄暖簾に販路を広げた。

更には大名藩邸、旗本屋敷にも出入りを増やした。大名家の場合、上士ではなく平士や下士、下級旗本や御家人のような禄の少ない者たちに歓迎された。

関東地回りの酒は安かろうまずかろう、との評判で舌の肥えた江戸っ子などは馬鹿にしているが、本音のところは安く酔えるために縄暖簾でも需要があったのだ。

武家屋敷も同様である。

「本家の寿屋本舗をはじめ、新川の酒問屋の中には伏見《ふしみ》や池田《いけだ》、灘《なだ》なんかにある上方の造り酒屋と太い繋《つな》がりがあるんですが分家はそこまでの繋がりはありません。茂平はそれを利用して関東の造り酒屋から安い酒を仕入れたんですな。それが当たったということです」

　寅蔵の話を聞き、

「なるほど、茂平は商いに関してはやり手だったたってわけだ」

　菊之丞も興味を示した。

「その分、嫌われもしたようですけどね」

「出来る奴は嫌われるのさ」

　菊之丞も納得だ。

「菊之丞さまも」

　とあやうく言いかける口を寅蔵は両手で覆った。

「寿屋は本家から養子を迎えて店は続けるんだろうが、茂平の頃のような活気はなくなっているかもしれんな」

　菊之丞の話を受け、

「お勢はどうしたんでしょうね。手切れ金を受け取って寿屋から出て行くんですかね。もう、出て行ったのかもしれませんよ」

寅蔵の見通しに、

「そうかもな」

菊之丞も抗わなかった。


寿屋にやって来た。

店先では、

「いらっしゃいませ！」

「飲んでみてください」

「美味《うま》い、安い、心地よし」

なんとも活気のある声が聞こえる。間口五間《けん》の店の前には客らしい男たちがたむろしていた。寿屋は店売りもやっているので、酒を買い求めに来たのだろうがそれにしても大勢だ。

大きな甕《かめ》が据えられ、左右に手代が立っていた。一人が茶碗に杓《ひしゃく》で酒を注ぎ、もう一人が道行く者に勧めている。

甕には書付が貼ってあり、「野田誉《のだほまれ》」と書いてある。上総国《かずさのくに》野田の酒、つまり関東地回りの酒だ。

寿屋は、「野田誉」を大々的に売り出そうとしているのだ。無料で試飲させているのが寿屋のやる気を感じさせる。

「どうやら、茂平の商いを守っているようですね」

寅蔵が言うと、

「どれ」

菊之丞は野田誉を提供している甕に近づいた。六尺近い大柄な身体《からだ》、八丁堀同心の形《なり》をした菊之丞を恐れ、列を成していた男たちが道を譲った。

「旦那、どうぞ」

菊之丞を八丁堀同心と見て手代がにこやかに勧めた。

「おう、もらおうか」

菊之丞は両手を差し出す。一瞬、手代はきょとんとしたがじきに、

「どうぞ、飲んでください」

菊之丞の左右の手に野田誉が入った茶碗を差し出した。菊之丞は茶碗を鼻先に持っていった。ややつんとくるが不快ではない。一口舐める。

いけるな。

菊之丞は右手の茶碗に入った野田誉を一息に飲み干した。炎天下、渇いた咽喉《のど》には ありがたい。咽喉を潤したところで左手の茶碗の酒を味わった。

上方の酒に比べて味は落ちる。しかし、懐《ふところ》が寂しい時にはありがたい。それに、塩辛い肴《さかな》にはよく合う。

「いけるな。主を失っても寿屋は関東地回りの酒をさかんに売り込んでいるのだな」

菊之丞が語りかけると、

「女将さんが熱心ですからね」

手代は声を弾ませた。

「女将さんというとお勢か」

「そうですよ」

「お勢が店を切り盛りしているのか」

「亡き旦那さまにも負けない商い上手だって、評判ですよ」

手代はうれしそうだ。

菊之丞は暖簾を潜った。

寅蔵もついて来た。

板張りの店の奥にある帳場机にお勢が座っていた。算盤玉を弾《はじ》き、大福帳を検めている。横には番頭と思《おぼ》しき初老の男がいて、説明を加えていた。

面《おもて》を上げたお勢と菊之丞の目が合った。

「まあ、早瀬の旦那……」

お勢は立ち上がりお辞儀をすると近づいて来た。

「繁盛してるな」

菊之丞が店内を見回すと、

「奉公人のみんなが頑張ってくれています」

と、言ってから菊之丞と寅蔵を誘い、店の裏手にある客用の座敷に案内した。

「お茶を……あ、お酒の方がいいですね」

お勢は気遣ったが、

「いや、お茶でいい。出来れば冷たい麦湯をもらおうか」

菊之丞は断ってから野田誉を飲んだ、と言い添えた。

「中々、美味いな」

菊之丞が誉《ほ》めるとお勢は礼を述べ立て、

「早瀬の旦那にお墨付きを頂戴して、これで自信を持てました」

と、胸を叩《たた》いた。

「おれは呑兵衛だから、舌は当てにはできんがな」

菊之丞は声を上げて笑った。

それから、

「よく、寿屋の主人になったたな」

菊之丞は言った。

「女だてらにと周りの者からも止められたんですがね……亡き主人は横暴で、申しましたようにひどい目に遭わされましたけど、お世話になった恩があります。それに、奉公人のみなさんが寿屋の暖簾を守ろうって盛り立ててくれましたんでね。あたしも逃げてはいけないって、寿屋をあたしの代でもっと大きくしようと心に決めたんです」

お勢は熱っぽく決意を語った。

「ご立派ですよ」

寅蔵が言った。

「立派じゃないですよ」

顔を赤らめ、お勢は謙遜《けんそん》した。

「繁盛するのを願っているよ」

菊之丞は励ました。

「ほんとですね。新川一、いや、江戸一の酒問屋にしてください」

寅蔵も同意する。


表に出た。

「いやあ、意外でしたね。お勢が寿屋の主とは……でも、しっかりやっていますよ。大したもんだ」

寅蔵は盛んにお勢を誉め称えた。

「新吉の評判を聞き込めよ」

やおら、菊之丞は言った。

「ええ、どうしてですよ」

寅蔵はきょとんとなった。

「新吉を殺した下手人探しのために決まっているさ」

菊之丞はにんまりとした。

歌舞伎役者が悪役を演じる際に、こんな化粧をするのではないかと思わせる。悪戯《いたずら》小僧が大人をやりこめた際の得意そうな面構《つらがま》えにも見えた。

この表情を見せる時、菊之丞には何らかの魂胆がある。

「聞き込みをしましたが、寿屋に出入りした者はいませんでしたよ。もっとも、夜でしたからね。夜陰に紛れて忍び入ることはできるでしょうがね」

寅蔵が返すと、

「そうじゃない。新吉の人となりだ。はっきり言えば茂平との関係、そしてお勢との関係だ」

菊之丞に言われ、

「そりゃ、どういうことですか」

寅蔵は首を捻った。

「茂平を殺したのは新吉だ。新吉を殺したのはお勢だよ」

菊之丞の推量に、

「そ、そんな……観相で見立てたら、そうなったんですか」

寅蔵は言葉を上ずらせた。

「観相で見立てるまでもない。新吉が毒を盛られていた酒、上方の清酒だったぞ。寿屋は茂平の方針で奉公人たちは関東地回りの酒しか飲むことができなかった。もっとも、茂平は晩酌に清酒を飲んでいたが、台所に隠していた。隠していた清酒の在り処《ありか》を知るのは……お勢さ」

菊之丞は言った。

「じゃあ、お勢が新吉を……」

寅蔵は驚愕《きょうがく》した。

「そう考えて間違いあるまい」

冷静に菊之丞は言い立てた。

「どうしてお勢はそんなことを……あ、いや、お勢は寿屋を乗っ取ろうと考えていたんですかね」

寅蔵は考えながら問い直した。

「そうなんだろうよ。女将として、寿屋の繁盛ぶりを見たら、お勢は主人として寿屋を営みたくなったんだろう。女中奉公して使われる立場で過ごしてきたお勢は使う立場になりたくなったのかもしれないな」

菊之丞の推量に、

「気持ちはわかりますね」

寅蔵は納得した。

六

数日後、寅蔵から聞き込みの成果を聞いた。

「新吉は寿屋の勘定を担《にな》っていたそうですよ。金を扱うだけあって真面目《まじめ》一方の男だったそうです。四角四面といいますかね、店の者と交わろうとせずに、一人でいるのが多かったとか」

ここまで新吉の生真面目な奉公ぶりを報告してから、

「それと、面白い話を耳にしましたよ」

と、期待を持たせるように寅蔵は口をつぐんだ。

「お勢との仲か」

菊之丞に言われ、

「なんだ、おわかりですか」

寅蔵はがっくりとなったが、

「亭主を殺させたんだぞ、それなりの仲に違いあるまい」

「そうなんで。と言ってもですよ、新吉の一方的な想いだったようですがね」

新吉はお勢に惚《ほ》れていた。

そのことは寿屋内では知らない者はいなかったそうだ。新吉はお勢を見ると顔が赤くなり、そわそわとしていたという。

そんな新吉からお勢は算盤を習っていたそうだ。店が終わり、茂平が外出すると新吉は店でお勢に算盤を教えていた。

「奉公人の中には二人の仲を怪しんだ者がいて、こっそり店を覗いたそうなんです」

すると、お勢は新吉から算盤を教わっていた。その様子は逢瀬《おうせ》とは程遠い真剣そのものだった。新吉も生真面目ゆえ、熱心に教えていた。ただ、ふと見せる横顔は喜びに溢れていたという。

「茂平が外出すると、新吉は気もそぞろになっていたそうですよ。お勢から声がかかるのを待っていたんでしょうね」

寅蔵の推量通りであろう。

「お勢は新吉の自分への想いを利用したんだろう」

菊之丞の推量に寅蔵も異を唱えることはなかった。

「恐ろしい女ですね」

寅蔵は肩をすくめた。

「さて、お勢を追いつめるか」

菊之丞は顎を掻いた。

「でも、死人に口なし、新吉の口書きは得られませんよ」

寅蔵は口惜しそうに歯軋《はぎし》りをした。

「悪人はぼろを出すものさ。破綻《はたん》のない罪なんぞあるものか」

菊之丞は断じた。

「そうですよね」

寅蔵もその言葉には納得した。

「ともかく、揺さぶってやるさ。寅はお勢と寿屋について聞き込みを重ねろ」

菊之丞はにんまりとした。


明くる日、菊之丞は寿屋に顔を出した。

お勢は歓迎して客間に通した。店売りの酒を出してくれたが、

「上方の清酒はないのか」

菊之丞は厚かましくも清酒を飲ませろと要求した。

お勢はにこやかに、

「申し訳ございません。うちは関東地回りのお酒のみを扱っておりますので」

と、やんわりと断った。

「そうかい。でも、新吉が飲んでいたのは清酒だったぞ。石見銀山入りのな」

菊之丞は言った。

お勢の顔が引き攣《つ》った。

「あれは、多分、亡き亭主が飲んでいた清酒だと思います。亭主は晩酌の時は清酒でしたから」

「晩酌の用意をしていたのはあんただろう」

責めるような菊之丞の問いに、

「そうです」

お勢は短く答えた。

「なら、それを出してくれよ」

もう一度、菊之丞は求めた。

「はあ、ですけど、もう置いておりません。申し訳ありません」

お勢は詫びた。

「新吉には出したのにな」

菊之丞はしつこく新吉の名を出した。

「はあ……」

お勢の目が凝《こ》らされた。

「茂平が殺された夜、新吉にはあんたが清酒を振舞ったんだろう。新吉が勝手に清酒を飲むはずがないものな」

舌鋒《ぜっぽう》鋭く菊之丞は迫った。

「あたしは新吉さんに清酒なんか出していません」

お勢は否定した。

「なら、新吉がどっかから清酒を見つけてきて飲んだってことか」

「わかりません。何処かで買ったのかもしれません」

「外で清酒を買って寿屋の台所で飲むつもりだったなんてありえない」

肩を揺すり菊之丞は笑って否定した。

「でも」

お勢は口をつぐんだ。

「どうしたことだろうな」

「新吉さんがどうして清酒を飲んだかなんてあたしにはわかりませんよ」

開き直ったようにお勢は言い返した。

「そうかい、ま、いいや。清酒は何処かで飲むとするよ。邪魔したな」

菊之丞は腰を上げた。

「愛想なしですみませんでした」

お勢の口調は皮肉に満ちていた。


菊之丞が居なくなってから雁次郎が入って来た。

「相撲《すもう》取りのような同心、しつこいですね」

雁次郎は言った。

「たかりさ。ここに来たら酒にありつけると思っているんだよ」

お勢は顔を歪めた。

「始末に負えませんな。寿屋を金蔓《かねづる》と思ったのでしょうな。金蔓と思ったわけは、新吉殺しですか」

雁次郎は不気味な笑みを浮かべた。

「あの同心が勘繰《かんぐ》っているだけさ。あんたも妙な勘繰りをするんじゃないだろうね」

お勢は強い眼差《まなざ》しを向けた。

「わしは、女将さんの役に立とうって思っているんですよ。ところで、半年先に暖簾分けをしてもらえませんか。来年には店を出し、二、三年で店が落ち着いたら温泉やお伊勢《いせ》参りに行きたいんですよ」

　雁次郎は願い出た。

「脅しかい」

　お勢は雁次郎を睨《にら》んだ。

「脅しっていうよりも一蓮托生《いちれんたくしょう》ってことですよ。わしの懇意にしている博徒《ばくと》を使いましょうか」

　雁次郎の申し出を受け、

「あいつを殺させようっていうのかい」

　お勢は暗い目をした。

「殺すまではいかなくても、女将さんにまとわりつかないような脅しを掛けさせてやりますよ」

「あいつ、脅しに屈するかね」

　お勢の危惧に、

「身体はでかいですけど、強いとは限りませんや。仮に腕っぷしが強くてもやくざ者が何人もかかれば、畏《おそ》れを成しますよ」

「そうかね。あの厚かましい男、半殺しの目に遭っても屈しないと思うよ。寿屋に近づくなって脅したら、厄介《やっかい》なことになりそうだよ」

「そうですかね」

雁次郎は首を傾《かし》げた。

「脅したら却《かえ》ってまずいね」

お勢は語調を強めた。

雁次郎は押し黙った。

「だから、いっそのこと……」

お勢はにんまりとした。

「命を……」

雁次郎は言葉を飲み込んだ。

「あんたに任せるよ。あんたが言ったように、一蓮托生だ。あたしが堕《お》ちればあんたの将来もない。暖簾分けもないし、温泉巡りもお伊勢参りも夢だね」

お勢は言った。

「わかってますよ」

　雁次郎はうなずいた。

「なら、お願いね」

「なに、酒をたらふく飲ませて、夜道で大川にでも突き落としてやれば、それで終わりですよ」

「あんたは悪だね」

　お勢が言うと、

「女将さんには負けますよ」

　雁次郎はにんまりとした。

七

　明くる日、菊之丞は雁次郎の誘いで寿屋から程近い小料理屋に出向いた。

　雁次郎は折り入って話があるという。

　霊岸島新堀《れいがんじましんぼり》に架かる豊海《とよみ》橋の袂にある落ち着いた佇《たたず》まいの店だ。雁次郎は常連らしく女将が挨拶《あいさつ》をし、奥の小座敷に案内された。

「この店は伏見の造り酒屋から下ってくる清酒が飲めます」

雁次郎はにこやかに言った。

「そりゃありがたいが、いいのかい。関東地回りの酒を売る寿屋の番頭さんが清酒を勧めて」

菊之丞が返すと、

「偶《たま》には胃の腑《ふ》を清めませんと」

へへへ、と雁次郎は笑った。

蒔絵格子《まきえごうし》に入った清酒と料理が運ばれて来た。鯉《こい》の洗い、鯉こくに関東では珍しい鱧《はも》の湯引きが食膳に並んだ。

「鱧か」

菊之丞の大きな顔から笑みがこぼれた。

「鱧をご存じですか」

意外そうに雁次郎は聞いた。

「大坂で黙って座ればぴたりと当たる、水野南北先生の下で観相術の修業をしておったからな。鱧の美味さは存分に味わった。まさか、江戸で食せるとはな」

真っ白い牡丹《ぼたん》の花のような身に梅干しをすり潰した梅肉を付け、菊之丞は口に運んだ。しゃきしゃきとした食感、さっぱりとしているが嚙む程に甘味がじんわりと広がる。梅肉の酸っぱさが鱧の甘味を引き立てていた。

上方では夏の風物詩であり、鱧が食膳に並ぶと夏の到来とまで暮らしに根差していた。

「喜んで頂けてよろしゅうございました」

雁次郎は自分の鱧も菊之丞に差し出し、清酒も勧めた。

菊之丞は勧められるままに飲み食いをする。飲み口の良い清酒はいくらでも咽喉を通り抜けた。

雁次郎は世間話の後、

「新吉の奴、憐《あわ》れなものでございます」

と、しんみりとなった。

「どうした、何かありそうだな」

菊之丞は関心を向けた。

「あいつは女将さんにべた惚れしていました……」

訥々《とつとつ》と雁次郎は語った。

「ああ、そうだってな。耳にしているぜ。それで、新吉がどうした」

菊之丞は杯を食膳に置いた。

「新吉は女将さんが旦那さまから辛い目に遭わされているのを気に病んでいました」

「新吉はお勢を守るために茂平を殺した、と言いたいのか」

「そうかもしれないんですが……わしは……」

ここで雁次郎は口をつぐみ、間を取った。

菊之丞は黙って話の続きを促す。

「新吉は女将さんの頼みで茂平を殺したんじゃないかって……あ、いや、恐ろしい考えです。ですが、新吉からそのことを打ち明けられた奉公人がおるのです」

雁次郎は両目を大きく見開いた。

「そりゃ、興味深いな」

菊之丞は静かに返した。

「事が事ですので、わしも胸の内に仕舞っておくわけにはまいりませんで、早瀬さまにお話し致しました。いかがしましょう。これから、その奉公人に会って頂けませんか」

おずおずと雁次郎は頼んだ。

「よかろう。何処におる」

菊之丞が応じると、

「この近くの長屋です」

「そうだったな。寿屋じゃ、住み込みの奉公人は茂平が家主の長屋で暮らしているのだな。ならば、早速《さっそく》出かけよう」

菊之丞は腰を上げたが、僅《わず》かによろめいた。

「いかん、日頃飲み慣れぬ上等な酒をごちになったんで、つい飲み過ぎた」

苦笑し、菊之丞は小座敷を出た。


小料理屋を出ると、海が近いとあって潮風が鼻をくすぐる。

提灯で足元を照らしながら雁次郎が案内に立つ。半町ほど歩いたところで柳の木陰から数人の男たちが現れた。

月は雲に隠れているが両国で打ち上げられる花火が彼らの姿を映し出した。着崩した着物、目つきのよくない、見るからにやくざ者であった。

「なんだ、寿屋ではやくざ者を雇っておるのか」

菊之丞は言葉を投げたが呂律《ろれつ》が怪しくなっている。

「早瀬さま、随分と酔っておられますな。足元がおぼつきませんよ。これじゃあ、堀や大川に落ちなさいますよ」

雁次郎が声をかけるとやくざ者は哄笑《こうしょう》を放った。

夜空を彩る花火に照らされた雁次郎の顔は人当たりの良い商人の柔和さが消え、狡《こう》猾《かつ》な悪党面である。

「気を付けるよ」

菊之丞は歩き出したが大きくよろめいた。

「おっと、いけない。みんな、早瀬さまをお連れしなさい」

雁次郎に言われ、やくざ者が菊之丞を囲んだ。その数、四人だ。

「一人で大丈夫だよ……」

回らない舌で菊之丞は断った。

「遠慮しないでください」

雁次郎に促され、二人が菊之丞の両手を摑んだ。

「大丈夫だって言ってるだろう！」

菊之丞は二人の手を払い除《の》けた。

口調は別人のようにしっかりとし、巨体は大木のようにしゃきっとなった。

雁次郎もやくざ者も口をあんぐりとさせた。

「馬鹿、おれが一升や二升の酒で酔っ払うか。新吉に打ち明けられた奉公人がいるそうだがな、新吉は仲間とは交わらずいつも一人で過ごしていたんだ。友のいない新吉が茂平殺しなんて一大事を打ち明ける相手などいるもんか」

菊之丞は哄笑を放った。

雁次郎は驚きで口をもごもごとさせていたが、

「こうなったら、後戻りはできない。おまえたち、こいつを始末しな。礼金は弾むよ」

と、やくざ者をけしかけた。

「面白い、やるか」

菊之丞は両手の指をぽきぽきと鳴らした。

「野郎！」

一人が懐に呑んでいた匕首《あいくち》を抜いた。

それをきっかけに、残る三人も刃物をちらつかせた。

「よし、行くぜ」

菊之丞は満面に笑みを浮かべた。

雁次郎たちの目には獲物を前にした凶暴な獣に映った。

戦う前からやくざ者は恐怖に身をすくませている。それでも、強がって一人が菊之丞に迫って来た。

菊之丞は巨体には不似合いな敏速な動きで男の腕を掴むと強く捩《ねじ》り上げた。

「い、い、痛えじゃねえか」

男は背中を突っ張らせながら文句を言い立てた。

「なるほど、やくざ者だけあって悪い骨相をしているな。通りかかったのも何かの縁だ。骨相を直してやるよ」

菊之丞は左手で男の肘《ひじ》を掴み、右手を肩に宛がい力を込めた。

――バキッ

肩の関節が外れる鈍い音を男の悲鳴がかき消した。次いで、男は喚《わめ》きながら地べたを這《は》いつくばる。

何事が起きたのだと唖然《あぜん》とする三人に、菊之丞は大股で近づく。

口を半開きにしている男の顎を右手で摑み、ぐいっと回した。

「あああ……ああ、ああ」

顎を外された男は尻餅をついた。

続いて、三人目の右肩の関節を外した。この男も泣き言を並べながら地べたをのたくった。

残る一人はいなくなった。

仲間の有様を見て怖気《おじけ》づいて逃げたのだろう。

が、不意に背後から男が襲って来た。両手で匕首を持ち、身体ごとぶつかって来る。

菊之丞は振り向くや、男の腕を右脇に抱え、肘の関節を外した。敵の手から匕首がぽとりと落ちた。

道端の隅に雁次郎が立っている。恐怖の余り、動けないでいる。

「おれは骨相も見る。骨の太さ、作りがわかれば、外すことも自在ってわけだ」

菊之丞は両手の指を再びぽきぽきと鳴らした。


雁次郎を引っ立て、菊之丞は寿屋にやって来た。雨戸は閉まっている。菊之丞は雁次郎を促した。

「御免よ……わしだ。雁次郎だ」

雁次郎は雨戸を叩いた。

程なくして潜り戸が開いた。手燭《てしょく》を持った手代が、

「番頭さん、今日はお帰りになったんじゃ……」

と、訝しんだが雁次郎の背後に立つ菊之丞に気づいて言葉を飲み込んだ。

「女将さんに客間まで来てもらってくれ」

雁次郎に頼まれ手代はお勢を呼びに行った。菊之丞は雁次郎と客間に入った。

待つこともなくお勢がやって来た。余程急いでいたらしく寝間着のままであった。

「お勢、ひどいじゃないか。新吉に茂平を殺させた次はやくざ者にこの早瀬菊之丞さまの尊い命を奪わせようとするなんて」

菊之丞は声を大きくして責め立てた。お勢は凄《すご》い形相《ぎょうそう》で菊之丞ではなく雁次郎を睨みつけた。

「でもな、もっと骨のある連中を雇わなきゃな……」

菊之丞が鼻で笑うと、

「あたしは知りません。番頭が勝手にやったことです」

お勢は激しい口調で言い張った。

途端に、

「女将さん、いや、お勢さん、往生際が悪いよ。わしら一蓮托生じゃないか」

雁次郎が反論した。

「知らないよ。あたしを巻き込まないでちょうだい」

お勢は認めない。

「呆《あき》れたね」

雁次郎は舌打ちをした。

「お勢、寿屋は異相に満ちている。関東地回りの酒を推奨する茂平は清酒好き、二代に亘って忠勤を尽くしてきた番頭は私腹を肥やしていた、そして貞淑《ていしゅく》な妻は夫を殺し財産を奪う……そんな寿屋にあって本物だったのはあんたを想う新吉の心根だけだな」

淡々と菊之丞は述べ立てた。

「お勢さん、わしは洗いざらい白状するつもりだ。もちろん、あんたの企みもな。悪事を吐き出してあの世へ旅立つつもりだよ。あんた、惚《とぼ》けおおせるもんじゃないよ。たとえ、御奉行所で裁かれなくたって、奉公人もお得意さまも離れてゆくさ。あんたは、二人を殺してまでして手に入れた寿屋も失うんだ」

達観したような冷めた口調で雁次郎は語り終えた。

両の目から滂沱《ぼうだ》の涙が滴り落ちたと思うと、お勢は泣き崩れた。

菊之丞は腰を上げ、

「奉行所に行くぞ」

と、雁次郎に声をかけた。雁次郎は無言で首を縦《たて》に振りゆっくりと立った。雁次郎を伴い客間を出ようとしたところで、

「待ってください」

お勢に呼び止められた。

菊之丞が見返すと、

「早瀬の旦那、身支度を調《ととの》えるまで待ってくださせい」

寝間着姿の自分を示しながらお勢は頼んだ。

「構わねえよ」

菊之丞はどっかと腰を据えた。

お勢は袖で涙を拭うと、すっくと立ち上がった。夢から覚めたのか、覚悟を決めたのかさばさばとした顔で奥へと向かった。

秋の虫の鳴き声が夜の静寂を震わせた。

第四話　殺しの産婆

一

文月《ふみづき》の半《なか》ば、十五日を迎えたというのに一向に暑さが衰えない。今年は秋がこないのではないか、富士山《ふじさん》大噴火の予兆だなどと無責任な噂話を読売は書き立てている。

そんな朝、薬研《やげん》の寅蔵《とらぞう》は南町奉行所の同心詰所を訪れた。

「暑いな、まったく暑いよ」

早瀬菊之丞《はやせきくのじょう》は縁台に腰かけ、手拭《てぬぐい》で大きな顔を拭っていた。

暑苦しい顔を膨《ふく》らませ、「暑い」を連発されるとこっちまで汗が滲《にじ》んでくる。

定町廻《じょうまちまわ》りや臨時廻りの同心が何人か詰めていた。みな、さかんに扇子《せんす》を動かしている。

「暑いって言っていると余計に暑くなりますよ」

寅蔵が言うと、

「そんなこと言ったって、暑いものは暑いよ」

暑いのは寅蔵のせいだと言わんばかりに菊之丞は睨《にら》みつけた。

「お暑いところ、畏《おそ》れ入りますが、町廻りに行きましょう」

寅蔵は下手《したて》に出て誘った。

「わかったよ。おまえの顔を立てて行ってやるか」

恩着せがましく菊之丞は立ち上がった。

そこへ、

「早瀬さま……」

中間《ちゅうげん》が詰所に入ってきた。

初老の男を伴っている。縞柄《しまがら》の単衣《ひとえ》に絽《ろ》の夏羽織を重ね、髷《まげ》を丁寧《ていねい》に整えて、雪駄《せった》を履いていた。

「浅草花川戸町《あさくさはなかわどちょう》の楊枝屋《ようじや》夢屋《ゆめや》の長屋で大家をやっております金蔵《きんぞう》でございます」

金蔵は丁寧にお辞儀をした。

「ああ、どっかで見たと思ったよ。あんたが詰めている自身番に町廻りの途中で何度か立ち寄ったな。で、なんだい？」

金蔵は花川戸町の町役人を務めているため、自身番で月に何日か交代で番をし、町触れの回覧や町内の雑事を行う。

菊之丞は扇子を金蔵に向けた。

「はい、ちょっと、お願いが」

金蔵は周囲の同心や中間、小者《こもの》を憚《はばか》るように目をきょろきょろさせた。

「だから、なんだよ」

菊之丞はお構いなく問いかけ直したが金蔵は話し辛《づら》そうだ。

「どこか、茶店でも」

寅蔵が気遣い、奉行所を出ることにした。

奉行所を出て数寄屋橋《すきやばし》を渡った。

御堀が陽光を受け白金色の煌《きらめ》きを放っている。菊之丞は相変わらず、「暑い」を連発した。金蔵は口をへの字に結んだまま黙々と歩いている。

三人は御堀端を歩き、比丘尼橋《びくにばし》を渡ったところで袂《たもと》にある茶店に入った。葦簀《よしず》張りに陽光が遮《さえぎ》られ御堀から涼風が渡ってくる。三人は金蔵を真ん中に横長床机《しょうぎ》に腰掛けた。寅蔵は茶と草団子を頼んだ。

寅蔵は金蔵が大家をしている長屋に起きた一件を思い出した。

一月程前、水無月《みなづき》十日のことだった。

金蔵の長屋にお笛《ふえ》という女が住んでいた。

お笛は産婆で、しかも腕が良いと評判であった。その評判の産婆が自分の取り上げた子供を殺した後、罪状を告白して自害したのだ。読売は鬼産婆と書き立てた。

殺されたのは浅草に住まいする小吉《こきち》という数え八歳の少年で、油問屋の息子であった。

小吉はお笛が自害した三日前に浅草の駒形堂《こまがたどう》で無惨な亡骸《なきがら》となって発見された。刃物で首を刺され、着物をはぎ取られていた。

探索に当たった北町奉行所は、下手人《げしゅにん》は小吉が大店《おおだな》の息子であることから身代金目的でかどわかしたが激しく抵抗されたために殺してしまった。ついては、金目の物を奪おうと着物をはぎ取っていったのだ、と、推量した。

しかし、下手人は見つからないままお笛が自分の仕業《しわざ》だという遺書を残して自害したのだった。北町奉行所はお笛の自害を受け、一件落着としたのだった。

「で、おれたちに用件というのは？」

という菊之丞の問いかけで寅蔵は我に返った。草団子を頬張《ほおば》った菊之丞の声はくぐもっている。

「その、お笛さんのことでございます」

金蔵は寅蔵と菊之丞を交互に見た。菊之丞も寅蔵も無言で話の続きを促《うなが》した。

「あたしも、長屋のみんなもお笛さんが子供を殺《あや》めたなんて信じられないのです」

金蔵は悲痛な声を振り絞った。

「そういう気持ちになるのはわからんでもないがな。同じ長屋に住んで、年がら年中、顔を合わせていた人間が、人殺し、しかもいたいけな子供を殺したなんて、信じられないだろうよ。でもな、人は見かけによらないって、よく言うだろ」

菊之丞は草団子をむしゃむしゃと咀嚼《そしゃく》しながら金蔵を見返した。

「でも、お笛さんに限って」

金蔵はうなだれた。

「いや、その限ってっていうのがいけないんだ。おれは、役目柄、罪人をわんさかとお縄にしているからわかるが、こんな真面目《まじめ》な男がってのが盗みを働いたり、貞淑《ていしゅく》そうな女房が不義密通をしていた、なんてことは珍しくないぞ。捕縛した者たちに限らず、観相《かんそう》で見立てると猫をかぶっている奴らはいるもんさ」

菊之丞は観相を持ち出して持論を展開した。

それでも、

「はい、おっしゃる通りだと思いますが……」

納得できないようで金蔵は視線を落とした。

「金蔵さん、どうあってもお笛が子供を殺めたことが信じられないんですかね」

寅蔵がやさしく問いかけた。

「あたしばかりではありません。長屋のみんなもお笛さんは濡《ぬ》れ衣《ぎぬ》をきせられたんだって信じていますよ」

金蔵は顔を上げ、語調を強めた。

「だからな、さっきも言ったようにな……」

菊之丞が説得しようとしたが、

「もう少し詳しく話して下さい」

寅蔵が口を挟《はさ》んだ。菊之丞は口をあんぐりとしたが、黙って金蔵を促した。

「お笛さんは、それはもう、他人に尽くすお人でした。とても面倒見がよく」

金蔵はお笛がいかに長屋の者から慕われていたか、産婦から頼られていたかを堰《せき》を切ったように語りだした。

「そんな、お笛さんが人を殺めるなんて、まして、自分が取り上げた子供をですよ……とても考えられません」

金蔵は目にうっすらと涙を浮かべた。

さすがに菊之丞もしばらく考えを巡らすように黙り込んでから、

「北町の取調べでお笛が下手人だと吟味《ぎんみ》を下したんだろう。決め手は何だったんだ」

「お笛さんの亡骸を見つけたとき、戸には心張《しんば》り棒《ぼう》がかってあったんですよ」

金蔵は答えた。

更には言葉足らずと思ったのか金蔵は説明を加えた。

昼になってもお笛が出てこないことを心配した長屋の女房たちが金蔵に訴えた。金蔵はお笛の家の腰高障子《こしだかしょうじ》を叩《たた》いたが返事はない。中で倒れているのかと心配した金蔵は若い衆と共に腰高障子を壊して中に入った。

するとお笛が首を吊っていた。梁《はり》に縄を掛けて首を括《くく》っていたのだ。遺書が残されており、小吉を殺したことが記され、罪を償《つぐな》うとあった。

九尺二間《くしゃくにけん》の棟割り長屋である。人が隠れている余地はない。遺書と自殺としか思えない状況により、北町奉行所は小吉殺しをお笛の仕業と断定したようだ。

「北町がお笛を下手人としたのも無理はないな。状況はお笛が下手人だと告げていたんだからな」

淡々と菊之丞は述べ立てた。

金蔵は藁《わら》をもすがるような目を菊之丞と寅蔵に向けた。

「金蔵さんが、それでもお笛を信じるのは何か深いわけがあるんじゃござんせんか」

寅蔵が問いかけた。

表情を歪《ゆが》め金蔵は打ち明けた。

「実は……お笛はあたしの娘でございます」

懐中から手拭を取り出し、金蔵は目頭を拭った。菊之丞も寅蔵も呆気《あっけ》に取られたように黙り込んだ。

「若い頃、あたしは小間物問屋をやっておりました。羽振りが良かったときもあったんです」

金蔵は上野山下《うえのやました》で小間物問屋をやっていた。女房と子供二人に恵まれ、商いも順調だった。ところが、

「若気の至りというやつで、下働きの女に手を出し、身籠《みご》らせてしまいました。それでできた子供がお笛です」

金蔵は女が身籠ると浅草瓦町《かわらまち》の長屋に住まわせ、女房や店の者に内緒で囲った。それがある日、

「罰《ばち》が当たったのでしょう。あたしが女の家に通っていた晩に店は火事になり、女房、子供、店まで失くしてしまったのです」

金蔵は視線を宙に泳がせた。女は、「申し訳ございません。わたしのせいです」と書置きを残してお笛と一緒に姿を消した。金蔵は懇意にしていた夢屋の先代の主人の好意で長屋の大家に迎えられた。

「ところが、十年前のことです」

突然、お笛が訪ねてきたのだという。聞けば、母親は死んだ。死の床で金蔵のことを言い残したのだという。お笛は産婆として自立していた。金蔵は、夢屋の主人に事情を話し、長屋に住まわせた。

親娘《おやこ》であることは、長屋の連中には伏せていた。

「そうだったんですか……」

寅蔵は金蔵への同情を深くした。

対して菊之丞は、

「あんたのお笛を想う気持ちはわかるが、お笛は小吉を殺したと遺書を残しているんだろう。その罪を償うために自害したとなりゃ、筋は通っているじゃないか。お笛で間違いないだろう」

あくまで冷静に述べ立てた。

「北町のお取り調べのときも申しましたが、遺書の字はお笛が書いたとは思えません。お笛は、それはもうきれいな字を書きました。ところが遺書の字はみみずがのたくったような金釘《かなくぎ》文字でした。筆跡をごまかすために下手人が書いたんですよ。文面にしたところで、こどもをころした、つみをつぐなう、とあるだけで、とても遺書とは思えませんでした」

興奮して金蔵は言い立てた。

すると、

「北町はその遺書を怪しまなかったのか。そのまま鵜《う》呑《の》みにしたのか」

菊之丞が疑問をぶつけた。

金蔵は渋い顔で言葉を詰まらせた。

その表情を見て、

「北町がお笛の自害と小吉殺しの下手人と断定したのは、他に理由があるんじゃないのか」

菊之丞は推量した。

すかさず寅蔵が助言した。

「金蔵さん、隠し事は菊之丞の旦那《だんな》には通用しませんぜ。それに、何もかも包み隠さずにご存じのことは話した方がお笛さんの濡れ衣を晴らすのに役立ちますよ」

うなずくと金蔵は、

「小吉の着物がお笛の家から見つかったんです」

と、声を上ずらせて打ち明けてから、

「でも、それだって下手人がお笛の仕業に見せかけようって持ち込んだに決まっていますよ」

激しい口調で言い添えた。

寅蔵がそれを引き取り、

「そりゃ十分に考えられますよ。遺書が贋物《にせもの》だとしたら、小吉の着物だって怪しいもんだ。とても証拠とは言えませんや」

と、金蔵の肩を持った。

「でもな、家には誰も出入りできなかったんだぞ」

菊之丞は心張り棒がかわれた事実を蒸し返し、納得しない。

「それが崩れたらどうなりますかね」

金蔵の気持ちを代弁し寅蔵は指摘した。

「崩れるって、からくりがあるとでも言うのか」

菊之丞は茶を飲み干した。

「町廻りの途中にお笛の家に立ち寄りませんか」

寅蔵が頼んだところで、

「しょうがないな」

不承不承《ふしょうぶしょう》といった顔で菊之丞は立ち上がった。

「ありがとうございます。よろしくお願い申し上げます」

金蔵は何度も頭を下げた。

二

こうして菊之丞と寅蔵は浅草花川戸町の夢屋にやってきた。鬼産婆のお笛が店子《たなこ》であった長屋の家主である夢屋は、女将《おかみ》と番頭が必死の笑顔を作り、商いに励んでいる。店はけなげに働く女将や奉公人への同情と殺しへの好奇心から大勢の客がいた。みな楊枝を物色するふりをしながら好奇の目を向けている。

菊之丞と寅蔵、それに金蔵は夢屋と八百屋の間の横丁を入って行った。八百屋と魚屋から金蔵に挨拶《あいさつ》の声がする。道端には打ち水がしてあり、濃厚な土の香りを立ち上らせていた。

露地木戸を潜《くぐ》ると虫籠売りや風鈴売りが天秤棒を担《かつ》ぎ、青空のように明るい声を放っていた。秋と夏の物売りが混在しているのが残暑ひときわ厳しい今年の文月らしい。

「どうぞ」

金蔵の案内でお笛の家に入った。

家の中は一切の家財道具が片付けられているせいで、がらんとした空間になっている。敷かれていた筵《むしろ》も剝《は》ぎ取られ、黒光りした板敷きが剝《む》き出しになっていた。

「きれいなもんじゃないか」

菊之丞は見回し、

「あんたが掃除したのか」

金蔵に視線を止めた。

「あたしと、長屋のみんなで。ただ、罪人でございましたので弔《とむら》いを出してやることができず、心残りとなっております。それで、家財道具はせめてもの思い出に、とあたしが引き取りました」

金蔵は顔を曇らせうなだれた。

「ちょっと、心張り棒をかってみましょうか」

寅蔵は腰高障子に心張り棒を立てた。

菊之丞が腰高障子を開けようと手をかけたが、ぴくりとも動かない。

「みろ、心張り棒をかったんじゃ、戸を壊す以外、開けられないさ」

菊之丞に促され、寅蔵も戸に手をかけ動かした。

「う〜ん、心張り棒をかっておいて外に出る方法はありませんかね」

言いながら寅蔵は心張り棒を外し、

「たとえば、紐《ひも》を結んで、腰高障子の隙間《すきま》から、外で紐を操って」

と、ぶつぶつ考えを述べ立てたが思い付きとあって、声音が曇っている。

「なにぶつくさ御託《ごたく》を並べているんだ。そんなことできるわけがないだろう。第一、なんでそんな手の込んだことをする必要があるんだよ」

菊之丞はめんどくさそうに顔をしかめた。

「そりゃあ、お笛に罪を着せ、自害したように見せかけるためですよ」

寅蔵は返し、しばらく心張り棒をいじっていたが、

「だめだ、別の方法を考えないと」

と、周囲を見回した。

「暑いな」

菊之丞は腰高障子を勢い良く開け放った。

「戸口以外に出入りできる所は……」

寅蔵は菊之丞の不機嫌を無視して部屋を見回し、

「天窓は」

と、板壁を見上げた。恨めしいくらいに強い日差しが差し込んでくる。

「とっても、人が出入りなんてできっこないさ」

菊之丞は手を翳《かざ》し、日差しを避けながら見上げた。

「そうですね……菊之丞の旦那、得意の観相で見立ててくださいよ。下手人は何処《どこ》から出入りしたんですから。その出入り口を」

寅蔵は懇願した。

「都合のいい時だけ観相に頼るのか……調子のいい奴《やつ》だな。ま、それはいいとして、黙って座ればぴたりと当たる、水野南北《みずのなんぼく》先生仕込みの早瀬菊之丞さまの観相でも見えない戸は見つからないさ」

菊之丞は大きく伸びをした。

「見えない戸ですか……なるほど、見えない戸から下手人は出入りしたんじゃないですかね」

寅蔵は諦めない。

「だから……見えない戸というのは、在りはしない戸ということだ。観相はな、目に見える人、物を見立てるんだ」

わかるか、と菊之丞は寅蔵に問いかけたが、

「わかりはしないだろうな。はげ寅の頭じゃ」

小馬鹿にしたように鼻で笑った。

不機嫌に押し黙る寅蔵に追い討ちをかけるように、

「お笛は自害だよ。誰もこの家に出入りなんてできっこなかったんだから」

菊之丞は強い口調で断じた。

金蔵は悲しげな顔をしている。それを見ると寅蔵は黙っていられなくなり、

「ひとまず、人が出入りしたからくりは置いておきましてね、お笛の遺品とお笛の暮らしぶりについて調べますか」

寅蔵は金蔵に視線を向けた。金蔵はうなずくと、菊之丞と寅蔵を伴い露地に出て、木戸に最も近い二階建て長屋の一軒に入った。

「二階でございます」

金蔵の案内で階段を登った。二階は八畳と六畳の二間から成っていた。襖《ふすま》が取り払われ広い座敷となっている。部屋には、整然とお笛の家財道具が並べられていた。小机、行灯《あんどん》、柳行李《やなぎごうり》、火鉢、鏡台、着物などがきちんと置かれている。

「これは」

菊之丞は小机の上に積み上げられている帳面を手に取った。

「お笛は筆まめでございました。日誌をまめにつけておったのです」

金蔵は菊之丞の横に座った。

「なるほど、しっかりした字だな。遺書のような金釘文字じゃないな」

菊之丞は初めてお笛の自害に疑念を抱くような発言をした。寅蔵は同意するように大きくうなずく。

菊之丞はぱらぱらと帳面を捲《めく》った。寅蔵も手持ち無沙汰《ぶさた》を紛《まぎ》らわすように別の帳面を手に取る。

「お笛が殺した、いや、殺したとされた小吉を取り上げたのは……と、小吉は八歳だったから文政八年（一八二五）ですよ」

と、菊之丞に語りかけてから寅蔵は文政八年の日誌を探した。金蔵も帳面の山をあさる。

「あった、ちょっと、菊之丞の旦那」

あくびをしながら帳面を眺めている菊之丞の手から、

「貸して下さい」

と、寅蔵はふんだくるように奪い取った。菊之丞は、「なんだよ」とぼやいたが、寅蔵と金蔵の真剣な眼差《まなざ》しに気圧《けお》されるように口をつぐんだ。寅蔵は日誌を捲っていった。

「二月に小吉を取り上げたのか……」

日誌には前年の文政七年の十月から小吉の母お清《きよ》の診立てを行っていたことが記されていた。お清は逆子を身籠っており、お笛は逆子の矯正《きょうせい》に当たったのだ。

お清は柳橋《やなぎばし》の芸妓《げいぎ》であったのが油屋の主人に見初《みそ》められて女房に迎えられた。祝《しゅう》言《げん》を挙げた時にはお清は身籠っていたそうだ。

日誌にはお清が無事出産した様子が詳細に記されていた。

「この日誌を読んだだけで、お笛が評判通りの腕の良い産婆だったことがわかりますよ。それに、人柄もね」

寅蔵は金蔵を見た。金蔵は声を詰まらせた。

「他の出産も丁寧な産婆ぶりが窺えますよ。それに、取り上げた赤子への慈愛に満ちています。とっても、取り上げた赤子を手にかけるような鬼産婆じゃござんせんや」

感嘆しながら寅蔵は日誌を読み進めていった。

と、

「あれ、変だな」

菊之丞は素《す》っ頓狂《とんきょう》な声を上げた。

寅蔵と金蔵が訝《いぶか》しげな顔を向けた。二人の視線を無視し、

「おい、ちょっと、そっちのを読ませろ」

菊之丞は別の年の日誌を取り上げた。

次いで、

「他の年の日誌でお笛が逆子の出産を手がけたものを見つけてくれ。男の赤子だけだ

ぞ」

と、強い口調で頼む。寅蔵と金蔵は小首を傾《かし》げながらも菊之丞の威勢に気圧される
ように日誌を手に取った。

「寅、ぼけっとしないで探せ」

容赦《ようしゃ》のない菊之丞の叱咤《しった》を受け、寅蔵は日誌を捲り、目を皿のようにして逆子の男
子出産を探した。

努力の甲斐があり、

「ありました」

寅蔵は手柄を立てたように胸を張った。

「こっちもです」

金蔵は遠慮がちに菊之丞に見せた。

「寅の方は、文政十年十月の浅草田原町《あさくさたわらまち》二丁目の左官職の女房、金蔵は文政十一年九
月の浅草並木町《なみきちょう》の蕎麦屋《そばや》の女房か……」

と、二つの日誌を読み終えた菊之丞は、

「う〜ん」

と、唸《うな》ると何故《なぜ》か目を輝かせた。

「どうしました」

期待の籠った目で寅蔵は問いかけた。

「折り曲げていないんだ」

菊之丞は寅蔵と金蔵から受け取った日誌の該当箇所を示した。

「折り曲げていない……益々わかりませんや。あっしのような馬鹿にもわかるように話してくださいよ」

寅蔵は下手に出た。

「これを見ろ。小吉の箇所だ」

菊之丞は日誌を捲っていった。

次いで、

「大きく折り曲げてあるだろう。曲げてあるのはもう一人、小吉と同じ文政八年産まれの三四郎《さんしろう》という赤子だ。小吉と同じく逆子だな。浅草の蘭学者の倅《せがれ》だな」

と、菊之丞は指摘した。

「なるほど、確かに」

金蔵はうなずいた。

「お笛が殺そうと狙《ねら》いをつけた赤子を選んでいたってことですかね。それで、目印に折り曲げたって、いや、それじゃあ、お笛が殺したことになっちまう」

寅蔵は藪蛇《やぶへび》だと自分の頭を手で叩いた。

「小吉を殺したのはお笛じゃありません」

金蔵が強い口調で言い立てた。

菊之丞はしばらく黙り込んだが、

「日誌だけではどうにも判断はできんな。推量の上に推量を重ねたところで真実は見えないよ。観相の見立てもできん」

と、淡々と断じた。

「また、推量の種になってしまいますが、ここにもう一件、逆子を直した記述がありますよ」

寅蔵が示したのは文政八年の十月七日に取り上げた、日本橋堀留町《にほんばしほりどめちょう》の魚屋の赤子だった。

「ところが、折り曲げてありませんね、小吉と三四郎と同じ年にお笛さんが取り上げた逆子なのに……どうしてでしょうね」

　寅蔵が疑問を呈した。

「どうしてかなんて、おれが聞きたいよ」

　菊之丞はむっとして言い返した。

「この理由がわかれば小吉殺しの真相が浮かび上がるかもしれませんねえ。もちろん、推量にしか過ぎませんけど」

　寅蔵が言うと、

「お笛の無実が晴れるのですか」

　金蔵は顔を輝かせた。

「断言はできんが、お笛の死についても明らかになるかもな。よし、おれに任せろ。必ずお笛の無実を晴らしてやる」

　先ごろまでの無気力はどこへやら、菊之丞は満々の気力をみなぎらせ胸を叩いた。巨顔、巨体と相まって何とも逞《たくま》しい。

「なら、金蔵、これ、借りるぞ」

　菊之丞は文政八年の日誌を懐中に入れた。すると、

「大家さん、ごめんなさい」

一階から女の声がした。

「お夏《なつ》さんかい」

金蔵は返事を返すと階段を下りて行った。菊之丞と寅蔵も下りる。

「あの、お奉行所のお役人さまに」

お夏は玄関に立ち菊之丞と寅蔵に視線を向けてきた。

「何か用事かい」

寅蔵が聞いた。

「はい、お役人さま、お笛さんのことでお出《い》でになったのでしょ」

お夏は金蔵を見ながら口を開いた。

「そうだよ」

寅蔵は答えた。

「実は、お笛さんのことで、気になることがありまして」

お夏がおずおずと口を動かすと、

「まあ、上がって話そう」

寅蔵は金蔵を促した。

「そうだ、お夏さん、上がりなさい」

金蔵に言われ、お夏は頭を下げると式台に足を伸ばした。

四人は一階の八畳間で向かい合った。お夏は長屋に住む大工の女房で、お笛に四歳の男の子と二歳の女の子を取り上げてもらったのだという。お笛の隣に住んでいることもあって、日頃から親しくつき合っていた。

「さあ、お茶でも飲んで」

金蔵が茶をみなの前に置いた。

「あの、小吉という男の子が殺された日なんですけど、お笛さん、その前日には田原町の家に呼ばれたんです」

お夏は言った。

菊之丞と寅蔵が興味を示すのを確かめたところでお夏は続けた。

「ですけど、お笛さんが呼ばれたって家に行ってみたら、その家では呼んでいないって。でもせっかく来たのだからって、家に上げられ産まれたばかりの赤子や女房の様子を少し見てきたそうですよ」

「ふ～ん、おかしな話だな」

寅蔵が菊之丞を見た。

菊之丞は黙っているが関心を抱いているのは確かだ。

「でしょ、お笛さんも変だなって、首をひねっていました」

お夏は小首を傾げた。

と、やおら菊之丞は立ち上がると階段を登った。大きな足音を立て二階に向かう巨体の同心にお夏は戸惑いの表情となった。

寅蔵と金蔵も啞然《あぜん》としている中、

「あった」

と、菊之丞は大声を出すや、火事でも起きたように大急ぎで階段を下りてきた。今年の日誌を手にしていた。大急ぎで日誌を捲っていく。

「ここだ」

お笛はお夏が証言した家を訪問していた。お夏の証言通り、呼んだ覚えはないと言われ、変な気持ちだとも書き添えられていた。

「何者かがお笛を呼び出したんだ。間違いないな。お笛に家を空けさせるためだったかもしれない。ま、これも推量だがな」

と、菊之丞は腕組みをしてから、

「おや」

と、更に興味を引く点を見つけた。

「どうしたんです」

寅蔵が日誌を覗《のぞ》き込むと、

「お笛、花村《はなむら》一座という芸人一座の見世物小屋に熱心に通っているな」

と、今年の五月の箇所を見せた。

これにはお夏が応じた。

「お笛さん、花村一座の中にいる健太《けんた》って男の子を見るのが楽しみだって言ってましたよ。何度か、家にもつれてきましたね。ご飯やおやつを食べさせていましたよ。そういやあ、お笛さんの亡骸が見つかった時も来ていましたよ。大騒動でしたんで、相手にしてやれませんでしたけど……」

と、証言をしてから、

「お笛さん、若い頃に赤子を身籠ったことがあるそうなんですよ。ところが、死産だったんですって。健太って男の子を可愛がっていたのは、死なせた子を重ねているんじゃないんでしょうかね……あ、すみません。あたしの勝手な推量です」

と、しんみりとなった。

「お笛さんが産婆になったのも、自分の死産が原因しているのかもしれませんよ」

寅蔵が言った。

「お役人さま……」

お夏は泣き腫らした顔を菊之丞と寅蔵に向けた。

「どうか、お笛さんの無実を晴らして下さい。このままでは、お笛さん、成仏できやしません。今頃、三途の川を渡れないでいるんじゃありませんかね。本当に気の毒ですよ」

お夏は両手で顔を覆い、嗚咽《おえつ》を漏らした。

「お夏さん、安心しな。さっき二階で、お役人さまは、お笛さんの無実を晴らして下さる、と約束して下さった。ねえ、お役人さま」

金蔵は菊之丞に強い視線を送った。

「ああ、そうだとも。任せな。こちらの早瀬菊之丞さまは、南町奉行所随一の切れ者同心さまだ。必ずお笛さんの無実を晴らすぜ」

寅蔵は力強く答えたが、自分ではなくあくまで菊之丞頼りである。菊之丞は知らん顔で鼻をほじっている。それでも、金蔵とお夏は期待に溢れた笑みを広げ、うなずき合った。

三

菊之丞と寅蔵は長屋から蔵前《くらまえ》通りに出た。

「任せろ、なんて胸を張ってしまいましたが……あっしじゃなくって、菊之丞の旦那がお笛さんの無実を晴らすって請け負ったんですがね」

寅蔵は空を見上げた。青空を覆うのは鱗雲《うろこぐも》だ。空は秋の訪れを告げているが、雲を白く光らせる日輪は夏と変わらずぎらぎらとしている。

「自分の言葉には責任を持てよ。吐いた唾《つば》を飲み込まんようにな」

菊之丞はすたすたと歩き出した。

「何処へ行くんですか」

慌てて寅蔵は追いかける。

「蘭学者の家だ」

菊之丞は浅草広小路《ひろこうじ》に足を向けた。

「蘭学者、ああ、日誌で折り曲げてあったのに無事だった赤子の所ですか。浅草三間《さんげん》町《ちょう》の竹山源斎《たけやまげんさい》先生でしたね」

寅蔵は金蔵から預かったお笛の日誌を広げ視線を落とした。二人は広小路を上野に向かって歩いた。往来は、西瓜《すいか》売りや瓜売りの屋台に大勢の人間が群がっている。

「まったく、暑くてかなわん」

菊之丞は西瓜売りの屋台を恨めしげに見た。

「急ぎましょう」

寅蔵に急《せ》かされ、横丁を左に折れた。両側に町地が続いている。棒手振《ぼてふ》りの野菜売りや魚売りが飛び跳ねるように行き交《か》う。寅蔵は、野菜売りをつかまえ、

「三間町の竹山源斎先生のお宅を知らねえかな」

聞くと、突き当たりを右に折れた二軒目の家だと教えられた。菊之丞と寅蔵は突き当たりまで小走りに進んだ。

「あった。あの家ですよ」

寅蔵は二軒目の家の前に立った。

間口三間、瓦葺《かわらぶき》の二階家だ。格子戸には「蘭学指南、竹山源斎」と縦《たて》看板が掛けられている。

「失礼します」

寅蔵は声をかけるとがらがらと格子戸を開けた。土間を隔《へだ》てて玄関があり、廊下が奥まで走っている。廊下はきれいに磨きたてられ、まるで鏡のようだ。

「ただいま」

奥の部屋から声が聞こえ若い男が現れた。絣《かすり》の着物に紺の袴《はかま》を身に着けている。

「南町奉行所の早瀬と申す。竹山先生にお取次ぎ願いたい」

菊之丞にしては丁寧な物腰で挨拶をした。

「あいにくと、先生は留守でございますが間もなくお戻りになると存じますので、どうぞお待ちになって下さい」

若者は二人に言った。

「では、待たせてもらおうか」

菊之丞が応じ、若者に導かれ奥の座敷に通された。庭に面した八畳間である。障子が開け放たれ、狭いながらも手入れが行き届いた庭が見渡せる。生垣に朝顔が蔓《つる》を伸ばし、桂の木が燃えるような緑の香を匂い立たせていた。生垣の向こうに風鈴売りの涼やかな声がする。

「蘭学者の家でも掛け軸があるんだなあ」

菊之丞は床の間の掛け軸を見て妙な関心を示した。

「どうぞ」

若者が茶を運んできた。

「弟子の半田洋之助《はんだようのすけ》と申します」

半田は住み込みの弟子で、学問の傍《かたわ》ら家事を行っているという。

「お弟子さんですか……お若いのに蘭学を……大変ですね」

話の継ぎ穂がわからず寅蔵は訳のわからないことを口走る。

すると、

「戻ったよ」

やさしげな男の声がした。

「ただいま戻りました」

次いで幼子《おさなご》の声がする。

半田は弾かれたように玄関に向かった。

「お帰りなさいませ」

半田の菊之丞と寅蔵の来訪を告げる声がした。

「半田、三四郎を頼む」

竹山は足早に廊下を進んできた。菊之丞と寅蔵は襟《えり》を正して待ち構える。

「お待たせしたようですな」

竹山は三十路《みそじ》の半ば、目元涼やかな顔立ちの長身の男だった。肩まで垂れた髪を総髪に結い、空色の小袖、袴を身に着けていた。落ち着いた所作と明晰《めいせき》な声音で、

「竹山源斎です」

竹山は軽く頭を下げると、

「御用向きは」

静かに笑みをたたえた。

「先月浅草で起きました子供殺しですが、先生、ご存知ですよね」

寅蔵が聞いた。

「存じております。たしか、産婆が下手人であったとか」

竹山は静かに答えた。

「その産婆なんですがね、花川戸の夢屋の長屋に住むお笛という女です。先生の坊ちゃんもお笛が取り上げたのですよね」

寅蔵は確かめた。

「いかにも。よくご存知で。して、それがいかがされたのです」

竹山はわずかに目元に警戒の色を浮かべた。

「ええ、その」

寅蔵が口ごもったため、

「これを見てもらいたいんだ」

菊之丞は懐中からお笛の日誌を取り出した。

竹山はしばらく日誌を捲っていたが、

「これがなにか?」

菊之丞に疑問の視線を向けてきた。

「殺された小吉は逆子であったのをお笛に矯正されて産まれた。先生の坊ちゃん、三四郎殿も逆子だったんですよね」

菊之丞は日誌の三四郎出産の箇所を指差した。

「難産でありました。結局、妻は産後の肥立ちが悪く死んでしまった。本日、出かけておったのは、三四郎をつれ死んだ家内の墓参りに行っておったのです」

竹山は唇を噛んだ。

「悲しいことを思い出させてすみませんな」

さすがに菊之丞は気遣った。

「いや、いや。お気遣い無用」

「それで、三四郎殿のことが気になったのだ」

菊之丞は庭を眺めた。庭では半田が大きな盥《たらい》に水を汲《く》み運んでいる。

「気になるとはいかなることです。下手人であるお笛は自害したのでしょう」

竹山の目が凝らされた。

「まあ……」

菊之丞は曖昧《あいまい》な言葉しか返せなかった。まだ、お笛が無実であるという証拠はないのだ。

「一件はともかく落着したのではござらぬのですか」

竹山はあくまで落ち着いた物言いである。

そのとき、

「三四郎さま、行水をしますぞ」

という半田とそれに応じる三四郎のはしゃいだ声が聞こえた。半田は三四郎の着物を脱がした。褌《ふんどし》一丁になった三四郎はにこやかに盥に入った。

「先生にお聞きしますよ」

菊之丞は竹山の顔を見据えた。

「はい」

竹山は三四郎を見ていたが、視線を菊之丞に戻し柔らかな笑みで返した。

「小吉殺し、お笛がまことの下手人だと信じますか」

「それはどういうことですかな」

「お笛はずいぶんと評判の良い産婆だった。長屋での評判も上々だ。長屋の連中はみな、子供を殺すなんて信じられないと口々に言い立てているんだ」

「たしかに、三四郎のときも熱心に取り組んでくれました。久代《ひさよ》……亡き妻ですが、久代の身を守ろうと懸命になってくれました。できた産婆だったと思います。ところが、人とは、見かけはもちろん、時に仕事ぶりでも判断できぬもの。印象とは違う一面を持っていたとしても、不思議ではありませぬな」

竹山は行水をする三四郎を眺めた。半田が糠袋《ぬかぶくろ》で背中を洗っている。

「おっしゃる通りなんだがね……」

菊之丞も三四郎を眺めた。

「他に用件がなければ、わたくしはこれにて。そろそろ、塾生がまいる頃合いなので」

竹山は慇懃《いんぎん》に頭を下げた。

「こちらこそ、断りもなくまいった上にぶしつけな質問をしてすまなかったですな」

菊之丞も丁寧に挨拶すると寅蔵も顔を引き締めた。

菊之丞と寅蔵は縁側に出た。

三四郎の裸の背中が目に入った。背骨の左に大きな黒子《ほくろ》が一つあった。真っ白な肌に黒子が菊之丞の目には鮮やかに映った。

竹山の家を出ると、

「別にどうということもなかったな」

菊之丞は大きく伸びをしてから、

「どうも、学者先生相手というのは肩がこっていけないよ」

さかんに肩を叩いた。

「そうですね」

寅蔵は生返事をした。

「さて、どうする、と、考える前に、腹が減ったな」

菊之丞は昼飯を食べようと言い出した。

「どうせなら奥山《おくやま》で食べますか」

「奥山か……花村一座の健太に話を聞くか」

「そりゃ、いいですね」

寅蔵は足早に歩き出した。

四

二人は奥山にやってきた。

「相変わらずの賑《にぎ》わいだな」

菊之丞が言うように、浅草寺《せんそうじ》の裏手に広がる奥山一帯には屋台や葦簀張りの店、筵造りの見世物小屋が立ち並ぶ、江戸有数の盛り場とあって残暑厳しい昼下がりというのに大勢の男女が集まっていた。

「えぇっと」

寅蔵は一角にある蕎麦屋を見つけた。

「蕎麦でも手繰《たぐ》るか」

菊之丞は寅蔵の返事を待たずに蕎麦屋に向かってすたすたと歩き出した。

店内は大勢の客で賑わっていた。

それでも、昼時の活況が一巡し、食べ終えて出て行く者もおり、小上がりになった入れ込みの座敷に席を取ることができた。

寅蔵が盛り蕎麦を注文する。

待つ程もなく、

「お待ちどおさま」

女中が盛り蕎麦を運んできた。

菊之丞は蕎麦猪口《ちょこ》を手に取り、汁に山葵《わさび》をたっぷりと溶かし、刻み葱《ねぎ》も多目に入れた。

すると白小袖に草色の裁着《たっつ》け袴を身に着けた娘と少年が入って来た。客の間から、

「花村一座の桔梗《ききょう》と健太だよ」という囁《ささや》きが聞こえる。

桔梗は十七、八の娘、健太は七つか八つの少年だ。二人とも軽業《かるわざ》の芸を披露するとあってすらりとして足取りも軽やかだ。健太は両手でお手玉を操りながら店内を進んだ。

幸いにも二人は菊之丞と寅蔵の近くに席を取った。この機を逃さず、寅蔵がにこやかに桔梗と健太に近づいた。

「二人とも花村一座の芸人さんだろう。おじちゃんな、何度も見物して二人の軽業に

感じ入っているんだ」

口から出任せを並べ立てたが二人とも人に慣れているのか、見知らぬ他人に声をかけられても警戒することなく笑顔で応じた。しばらく、寅蔵は軽業について語ってから、

「健太は、お笛って、おばさん知っていたな。おじちゃん、お笛さんの知り合いなんだ」

と、本題に入った。

「うん、知ってる。とってもやさしいおばちゃんだった」

素直に健太は答え、お手玉を懐《ふところ》に入れた。

寅蔵は桔梗と健太に蕎麦を御馳走《ごちそう》してやると持ちかけた。二人は顔を見合わせたが、

「お汁粉も食べるといいや」

という寅蔵の誘いを喜んで受け入れた。

蕎麦とお汁粉を頼み、寅蔵は二人と向かい合う。横で菊之丞が盛大な音を立てながら蕎麦を啜《すす》り上げている。

「お笛さん、健太をかわいがってくれたんだな」

寅蔵が問いかけると、

「うん。お団子や羊羹《ようかん》を食べさせてくれた」

「家にも遊びに行ったのかい」

「つれて行ってくれたよ」

「健太はいくつだ」

「七つ」

健太は元気に答える。

「八つじゃないんだな」

寅蔵が念押しをした。

「七つだよ」

健太は首に下げていたお守りを外し寅蔵に見せた。

「そのお守り、おいらが産まれたときに、おっかあがもらってきたんだ」

お守りは相模国《さがみ》三浦《みうら》郡三崎《みさき》村にある鎮守のお札だった。

「中を見ていいか」

断りながらも寅蔵は御札に手をかけていた。健太は、「うん」と首を縦に振った。

中を開けると、健太をお守り下さいと記された書付が入っており、文政九年（一八二六）三月五日、と日付が記してあった。

確かに、数え七歳である。

「いいおっかあだな」

寅蔵は健太の頭を撫《な》でた。

「うん。でも、死んじゃったんだ」

健太はけろりと返した。

健太は、父親のことは知らないという。四歳のとき母親が死ぬと芸人花村一太郎《いちたろう》に拾われ、以来軽業を仕込まれて一座の一員となっている。

桔梗が花村一座は相模国三崎村出身の者たちが座員だと説明した。隠居したお殿さまが祭や催し物が好きで、芸人を保護してくれたそうだ。花村一座は、国許《くにもと》はもちろん関東一帯を旅して興行を打っている。

今回は今の藩主が参勤交代で江戸藩邸に逗留《とうりゅう》しているため、江戸で三カ月の間、興行しているのだとか。通常は一箇所で一月の興行なのだから異例だそうだ。

花村一座の履歴がわかったところで、

「お笛さんは、どうしておまえをかわいがってくれたんだ」

寅蔵は健太に問いかけた。

「死んだ男の子を思い出すんだって言ってた」

健太は答えた。

お夏の推量を裏付ける健太の証言だ。

「お笛さんが死産したのは十年前だったなあ」

寅蔵は独り言のように言ったが、健太は運ばれて来たお汁粉に夢中だし、お笛の死産など知りはしないだろう。

死んだ子が生きていれば、今頃はあんな風になって、と、死んだ子供の歳を数えることはある。しかし、歳も違う。面影を偲《しの》ぶことなんてできない。なにせ、お笛の子供は死産でこの世に産まれてこなかったのだ。

「最後に、お笛の家に行ったのは、お笛が死んだ日だったよな」

この寅蔵の問いかけには、健太は箸《はし》を止めしばらく視線を宙に泳がせてから、

「よく覚えていない。う〜ん、行ったかもしれない」

健太は蕎麦を食べ始めた。

　すると、花村一座の芸人がもう一人やって来た。

　健太は悪戯《いたずら》っぽい笑みを浮かべた。箸を置くと、小柄な身体《からだ》でちょこちょこと座敷を横切り、座敷の上り框《がまち》にうずくまった。身体を丸めて身を隠している。

　芸人が戸口から座敷に上がろうとした。すると、

「ばあ！」

　突然、健太は立ち上がった。

「もう、びっくりしたじゃないか」

　芸人は目を剝いた。

「仁吉《にきち》兄ちゃん、怒っちゃいやだよ」

　健太が言うと、

「悪戯、するんじゃない」

　仁吉は笑顔になって健太の頭をこづいた。

「健太は、かくれんぼが好きなんですよ。身体が小さい上に柔らかいから思いもかけない所に隠れるんです。で、みんなを驚かして喜んでいるんですよ」

　桔梗は困った悪戯小僧だと嘆《なげ》いた。

桔梗の嘆きも何処吹く風、健太は得意げに店から出て行った。

「仁吉も軽業をやっているのかい」

寅蔵が問いかけると、

「仁吉兄ちゃんは花村一座の花形芸人です。短刀投げの達人で目隠ししても百発百中なんですよ」

誇らしげに桔梗は答えた。

蕎麦を食べる箸を止め、菊之丞は去り行く健太を見送った。健太は両手で巧みにお手玉を操っている。彩り豊かなお手玉が菊之丞の脳裏に刻まれた。

花村一座を保護した殿さまとは三崎藩の前藩主川瀬春光《かわせはるみつ》だ。与力鵜飼龍三郎の話だと春光は遊興好きだった。それを裏付けるように国許でも祭や催しを盛んに行っていた。芸人一座に肩入れをするのは当然だ。

家督《かとく》を継いだ現藩主春定《はるさだ》は幕府から減封《げんぽう》された後だけに遊興は慎んでいる。その春定が花村一座を江戸に呼び寄せ、三カ月も興行を打たせているとは意外だ。

川瀬春光と言えば、御落胤《ごらくいん》の一件がある。春光が芸妓に産ませた男の子である。男子の行方は知れない。

ひょっとして、お笛の自害、小吉殺しに関係しているのだろうか……。

奉行所に戻ると、菊之丞は例繰《れいく》り方《かた》を覗いた。

例繰り方は奉行所で扱った様々な事件の取り調べ、吟味、裁許《さいきょ》を御仕置《おしおき》裁許帳に記録に残している。事件を取り扱う吟味方与力は御仕置裁許帳を見て過去の裁許例を参考に吟味を行うのだ。

菊之丞は広い部屋に入ると、

「武藤《むとう》さん」

菊之丞は武藤勝五郎《まさごろう》を呼んだ。

文机《ふづくえ》が並べられ、いかめしい顔をした同心や与力が黙々と仕事をしている。四方の壁には書棚が立ち並び、整然と帳面が積んである。

「おお、早瀬、なんだ、このところ役目に熱心ではないか」

武藤は文机から神経質そうな顔を上げた。過去二十年に南町奉行所で取り扱った事件の様子が全て頭に入っているといわれている。

「ちょっと、見せてもらいたい記録があるんだよ」

「今、忙しいのだがな」

武藤はぶっきらぼうに返した。それを、

「少し、一服したらどうだい」

菊之丞は奥山の菓子屋で買った羊羹を差し出した。羊羹は武藤の好物である。武藤は、

「世渡りの術《すべ》を心得てきたようじゃな」

にんまりすると小者に茶を用意させた。

「なんじゃ」

「先月の子供殺しの下手人とされた、お笛の検死の記録が見たいんだ」

「あれは北町が担当したのだぞ」

武藤は言った。

「わかっているよ。でも、武藤さんは北町とも連絡を取り合っていて、殺しに関しては御仕置裁許帳や検死報告書を借りて写本にしているんだろう。さすがは例繰り方の生き字引だな」

菊之丞が賛辞を送ると、「よく存じておるな」と武藤は満更でもなさそうな笑みを

浮かべ、

「そなたの近頃の活躍、中々なものじゃからな。わしでできることなら」

と、立ち上がって書棚に向かった。小者が茶を運んできた。菊之丞は、懐紙を出し文机に敷き、羊羹を置いた。

「これだ、小幡草庵《おばたそうあん》先生の診立てじゃぞ」

御仕置裁許帳と草庵の検死報告書を持ってきた。

「すまないな」

菊之丞は報告書を読んだ。

「死因を疑っておるのか」

武藤はうまそうに羊羹を頬張った。

「ええ、ちょっと」

菊之丞は報告書に目を凝《こ》らした。

「首吊りではないと申すか」

武藤は羊羹が気に入ったとみえ、親切になった。

「首吊りに間違いないでしょうが、ちょっと気になることが」

菊之丞は報告書を目で追い、

「これはどうしたことだろう」

目を上げた。

「どうした」

武藤は羊羹を飲み込んで身を乗り出してきた。

「眠り薬を飲んでいる」

「どこに、ふん、なるほど」

武藤は報告書を受け取った。

「お笛は眠り薬を飲んでから首を吊ったのです」

菊之丞は武藤をじっと見た。武藤はしばらく口をもごもごとさせていたが、

「あり得ないことではないな」

菊之丞に視線を戻すと、

「ちょっと、待て」

立ち上がると軽やかな足取りで再び書棚に向かった。しばらく、書棚を巡り、

「あった、これじゃ」

二冊の御仕置裁許帳を持って戻った。次いで、

「ええっと、あれは、文政十二年の四月であったか」

ぶつくさ独り言を言うと、指に唾をつけ捲った。

「ここ、読んでみい」

菊之丞は武藤から開かれた御仕置裁許帳を受け取り、視線を落とした。

「ふん、なるほど」

菊之丞は一読し顔を上げた。

そこには、日本橋富沢町《とみざわちょう》の古着屋の女房が亭主の浮気に耐えられず首を括って自害した一件が記されていた。

「気の病を患《わずら》っておったのじゃな。それで、眠れない日が続いた。自害した晩は、眠り薬を飲んでも眠れず、亭主への焼餅に耐え切れなくなって、発作的に首を括ってしまったのじゃ」

武藤は淡々と説明してから、「かわいそうに」と付け加えた。

「なるほど」

菊之丞は視線を宙に泳がせた。

「それから、こっちだがな」

武藤はもう一冊の御仕置裁許帳を開いた。菊之丞は夢中で読む。

「文政十三年八月に起きた一件じゃな。神田三河町の貸し本屋の主人じゃ」

神田三河町の貸し本屋は、商いがうまくいかず眠れない日が続いた。それで、眠り薬に頼るうち、とうとう追い詰められ、

「これじゃ」

首を括る真似《まね》をしてみせた。

「なるほど」

菊之丞は思案するように腕を組んだ。

「じゃから、まんざらあり得ないことではない」

武藤は再び羊羹を頬張った。菊之丞は組んでいた腕を解き、

「いや、違う」

ぽつりとつぶやいた。

「なにが違う？」

武藤はむしゃむしゃと口を動かす。

「貸し本屋の主人も古着屋の女房も気の病を患っていた。いわば、眠り薬は日常に服用していたんだ。ところが、お笛は、眠り薬を普段から服用していなかったというのか」

「いや、それは」

菊之丞は口ごもった。確かめる必要はあるが長屋の連中の証言を聞く限り、気の病を患っていた様子はない。

「それで、もし、お笛が普段眠り薬など飲んでいなかったとなれば」

菊之丞は武藤をじっと見た。

「それは、殺しの線も考えられるな」

武藤は顔を曇らせつぶやいたが、

「しかし、お笛の家には心張り棒がかってあったのじゃろ」

御仕置裁許帳を広げた。

「たしかに……それがある以上」

自害としか考えられないのだ。密室状態で死んでいたお笛。密室の打破という先延ばしにしてきた問題がここにきて大きく立ちはだかった。

「たとえ、お笛が眠り薬を普段服用していなかったとしても、何人《なんびと》も出入りできない状況で首を括っていた以上、自害とみるのが妥当じゃな」

武藤は淡々と述べた。

「そうだよな」

菊之丞は天井を見上げた。

五

翌日、菊之丞と寅蔵は浅草三間町の蘭学者竹山源斎宅を再訪した。竹山の息子三四郎が何者かに襲撃されたというのだ。

「ごめん」

菊之丞が格子戸を開けると、

「これは、よくぞおいで下さいました」

半田が沈痛な顔で出てきた。左腕の袖口から晒《さらし》が覗いている。菊之丞が視線を向けると、

「大したことはございません」

恐縮するように左手を振ってみせた。「いてて」と、顔をしかめ、

「どうぞ」

菊之丞と寅蔵を伴い奥の客間へと案内した。

「これは、ご足労痛み入り申す」

竹山は丁寧な物腰で二人を迎え入れた。

「三四郎殿は……」

菊之丞が確かめると、

「二階で休んでおります。幸い、半田のおかげで、怪我一つありませんでした。ただ、怖い目に遭ったので、すっかり怖気《おじけ》づいてしまって」

竹山が答えると半田は、「滅相もございません」と頭を下げた。

三四郎は昨日、一人で庭に出た。竹山は塾を終えたが、熱心な塾生から質問を受け、その相手をしていた。三四郎は、近所の稲荷の縁日に行く約束を竹山としていた。

三四郎は、庭で遊びながら竹山を待っていたが、中々下りてこない。そこへ、金魚売りが通りかかった。三四郎は、金魚売りの声に誘われるように裏木戸から横丁に出

た。

それを見て半田は追いかけた。

すると、

「金魚売りが三四郎さまを抱きかかえ、かどわかそうとしたのです。わたくしは夢中で飛びかかりました」

半田が飛びかかると、金魚売りは三四郎を地べたに放り投げ、匕首《あいくち》を向けてきた。

「そのときの傷ですね」

寅蔵が確かめると、

「ええ、幸い、ちょっとかすっただけでございます。金魚売りは金魚を放り捨て、一目散に逃げて行きました。わたくしは追いかけようとしましたが……」

半田は言葉を飲み込み顔が引き攣《つ》った。恐怖心が蘇《よみがえ》ったようだ。二度、三度深呼吸をしてから続けた。

「金魚売りは振り向き様、短刀を投げてきました」

懐中に忍ばせた二本の短刀を金魚売りは半田に投げた。

「短刀は左右の脇腹すれすれに飛び、黒板塀に刺さりました」

短刀は半田の着物を黒板塀に縫い付けた。

「まるで軽業だな」

菊之丞の言葉は冗談めいていたが、

「まさしく……」

半田はうなずいた。

「すると、金魚売りの人相は？」

寅蔵が問を重ねた。

「それが……手拭で頬被りしていたのと、わたくしも無我夢中……いえ、軽業めいた短刀投げに遭って身がすくんでしまい、顔を見ることはできませんでした」

半田は、「申し訳ございません」と頭を下げた。

「それは仕方ないことだったが、せめて、直《す》ぐに自身番に届けてくれれば、聞き込みもできたんだ。そうすれば、金魚売りの行方を摑《つか》めたかもしれないのになあ」

菊之丞が残念がると、半田はしきりと詫《わ》びた。

ここで、

「いえ、その。半田は届け出るよう申したのですが、わたくしが止めたのです」

竹山が言葉を添えた。

「先生が」

寅蔵は竹山を見返した。

「ええ、ことを荒立てたくはございませんから」

竹山はうつむいた。

「ことを荒立てるもなにも、ご子息が襲われたのですよ」

寅蔵が気色《けしき》ばんだ。

「いかにも」

竹山は面《おもて》を伏せた。

「ですが、結局、今日になって届けたじゃありませんか」

抗議するように寅蔵が語りかけた。

すると、半田が、

「それは、わたくしが、今朝になって医者にかかりましたので」

半田がかかった医者前川《まえかわ》経堂《きょうどう》は竹山の家主だという。また、町役人を務める身であることから、

「怪我の原因を聞かれました」

半田は、包丁を滑らせてできた怪我だと偽《いつわ》ったが、

「医者の目はごまかせません。包丁などでできた傷ではない、大方匕首であろうとお診立てになって」

と、打ち明けると、

「前川殿が家にまいられ、わたくしを説得した次第でござる」

竹山は深く頭《こうべ》を垂れた。

「なるほど、しかし、先生、今回は幸いにも半田さんのおかげで、事なきを得ましたがね、また襲われないとも限りませんよ」

寅蔵は顔をしかめた。

「用心します」

丁寧に竹山は返した。

「先生、ひょっとして、襲った者に心当たりがあるんじゃないのかい」

不意に菊之丞が問いかけた。

「いえ、そんなことは」

竹山は横を向いた。

明らかに動揺している。

「下手人はわざわざ金魚売りに扮《ふん》してやってきて、三四郎殿をおびき出しているんだ。三四郎殿目当てと考えるのが自然だろう。三四郎殿が襲われる原因に、あんた、心当たりがあるだろう」

菊之丞は竹山を睨んだ。

竹山は、

「ござらん」

またもぶっきらぼうに返した。

「ふ〜ん」

菊之丞は竹山のかたくなな態度に疑念を募らせたが、強く押せば尚更《なおさら》、意地を張って拒絶されるだけと思い、口をつぐんだ。それは、寅蔵も同じ気持ちとみえ、追及の手を伸ばそうとはしない。

菊之丞はしばらく思案していたが、

「三四郎殿に話を聞きたいな」

と、切り出した。竹山は迷う風だったが、

「いいでしょう」

と、半田に三四郎を起こしてくるよう命じた。菊之丞と寅蔵は三四郎が二階から下りてくるまで口をきかなかった。竹山も庭に視線を向け押し黙っている。虫籠売りの声が虚しく響いていた。

やがて、階段を下りる足音がし、

「失礼します」

三四郎が縁側で両手をついた。背後に半田が控えている。

「入りなさい」

竹山はやさしげな眼差しを向けた。三四郎はぺこりと頭を下げると竹山の横に座った。

「怖い目に遭ったんですってね。大変でしたね」

寅蔵は満面に笑みをたたえた。

「とても、怖かったです」

三四郎は正直に気持ちを吐露し、半田への感謝の言葉を並べ立てた。

「怖いことを思い出させてすまないが、金魚売りのことで聞きたいんだ。三四郎殿を怖い目に遭わせた男をお縄にしなけりゃいけないからな」

寅蔵はことさら明るい声を出した。三四郎は、しばらく首をひねっていたが、

「よく思い出せないのです」

寅蔵を見た。寅蔵は、「そうですか」と残念そうに答えた。すると、菊之丞が、

「たとえば、背は高かったかい」

と、右手を頭上に掲げ背丈を示してみせた。

「う〜ん」

三四郎は首をひねっていたが、

「背は、そんなに高くありませんでした。中くらいで痩《や》せていたようでしたよ」

半田が縁側から大きな声を放った。三四郎もうなずく。

「そうか。では、顔は見てないかい」

菊之丞は続ける。三四郎は覚えていないという。

「声はどうだ。なにかしゃべらなかったかい」

三四郎はうつむいていたが、

「ここんちに、にばんざいるか」

顔を上げ、訳のわからない言葉を口走った。怯《おび》えた表情のまま、「にばんざいるか」という金魚売りの言葉が夢に出てくるという。三四郎は襲われたときのことが思い出されたのか、身体を震わせた。

「もういいですよ。怖いことを思い出させてごめんなさいね」

寅蔵はやさしく声をかけた。竹山は三四郎を二階につれて行かせた。

「申し訳ござらん。もっと、厳しく育てなければならんのですが、男手一つで育ててまいりましたもので、つい甘やかしてしまいました」

竹山はばつが悪そうに頭をかいた。

「怖い目に遭ったんですよ。無理もないこって」

寅蔵は言うと、「御用心なされ」と菊之丞は立ち上がった。

二人は竹山の家を出た。

「にばんざいるか……」

菊之丞は三四郎の言葉を口に出した。

「何のこってすかね。夢に金魚売りが化け物になって出てきたんですかね」

寅蔵は首を捻《ひね》った。

すると菊之丞は改まった態度で、

「にばんざとは相模の三浦郡辺りのお国言葉で二番目の女房、つまり後妻ということだ」

「ということは、金魚売りは竹山に後妻がいるかって聞いたんですね。どうして、そんなことを聞いたんですかね」

「理由よりも金魚売りは三浦郡の出ということだ」

「なるほど、三浦郡か……そう言やあ、花村一座も三浦郡の三崎村の出ですよ。偶々《たまたま》かもしれませんが……あ、偶々じゃありませんよ。半田さんに金魚売りは軽業の短刀投げを繰り出しました。一座の花形芸人仁吉は短刀投げの達人、ということは」

寅蔵はまじまじと菊之丞を見た。

「金魚売りは仁吉だ」

当然のように菊之丞は言った。

「これからどうしますか」

寅蔵は目を凝らした。

「夢屋長屋へ行くか」

菊之丞は、「暑いな」とぼやくと青空を恨めしげに見上げた。

菊之丞はどうしても竹山に三四郎が川瀬春光の御落胤なのか確かめたくなった。

「寅、ちょっと待っててくれ。すぐに戻る」

寅蔵を置いて菊之丞は竹山の家に戻っていった。


四半時後、菊之丞と寅蔵は陽炎《かげろう》が立ち上る、花川戸町の横丁を、汗を拭き拭き入って行った。露地木戸を潜ると、子供たちの賑やかな声がした。子供たちは井戸端で女房連中に盥に水を汲まれ、行水をしている。

「こっちも行水したいよ」

菊之丞がため息を漏らしたように、露地には強い日差しが降り注いでくるが、風はそよとも吹かず、うだるような暑さによどんでいた。

果たして、竹山は三四郎が川瀬春光の御落胤だと認めた。竹山は春光が藩主であった頃、江戸藩邸で蘭学を教授していた。春光は身籠った愛妾《あいしょう》の芸妓を竹山に託した。竹山は引き受けたが芸妓は難産の末、三四郎を産んで間もなく死んでしまった。

竹山は父親のつもりで三四郎を育てる決意をした。春光が隠居してからは尚更、三四郎を我が子として慈《いつく》しんでいるそうだ。

寅蔵は金蔵の家の格子戸を開けた。

「これは、どうも」

金蔵は土間でへっついの掃除をしていた。額《ひたい》に汗を滲ませながら人の好さそうな顔を向けてくる。

「もう一度、お笛の持ち物を調べたいんだ」

菊之丞が頼むと、

「どうぞ、どうぞ」

金蔵は手拭で汗を拭くと二階に先導した。

「暑い中、ご苦労さまです」

金蔵は大急ぎで窓を開けた。わずかに生ぬるい風が入ってきた。

「金蔵」

菊之丞は金蔵に視線を向けた。金蔵は黙って見返す。

「お笛は眠り薬を飲んでいたか」

「眠り薬、いえ、聞いたことありません」

金蔵は首を左右に振った。

「薬箱はどこだ」

菊之丞はお笛の家財道具を見回した。

「ええっと、そこの」

金蔵は行李を退《の》け、

「ここだったかな」

見回したが、

「ないな。おかしいな」

ぶつぶつつぶやきながら辺りを見回すと、思い出すように思案をした。

「ああ、そうだ、ここの中だ」

金蔵は米櫃《こめびつ》の傍らに立った。米は取り出され、枡《ます》に入れて横に置いてある。金蔵は米櫃に屈《かが》みこむと蓋《ふた》を開けた。菊之丞も覗き込んだ。

「これですね」

金蔵は木箱を取り出し、中を見ると、「間違いない」とうなずいた。

菊之丞は受け取ると中を検《あらた》めたが、

「ちょっと、借りるぜ」

と、金蔵の了解を求めた。金蔵は、「どうぞ」と言うと米櫃の蓋を閉めようとした。

刹那《せつな》、

「待て！」

菊之丞が声を放った。金蔵は気圧されたように動きを止めた。寅蔵は顔だけ向けてきた。菊之丞は米櫃を覗き込むと、

「こんな物が」

と、彩り鮮やかな鞠《まり》のような物を取り上げた。

「なんですか、それ？」

寅蔵は首を伸ばした。

「お手玉だ」

菊之丞は紺色のお手玉を右手の上に乗せると、ぽんぽんと跳ね上げた。次いで、

「寅、行くぞ」

目に光を宿らせた。

「どうしたんです」

寅蔵が説明を求めたが、菊之丞は薬箱とお手玉を持ち、階段を駆け下りた。寅蔵は、顔をしかめながら後を追った。

金蔵の家を出ると菊之丞はお夏を訪ねた。

「いいえ、お笛さんが眠り薬を飲んでいるなんて聞いたことありません」

お夏は菊之丞の問いかけに関し、きっぱりと否定した。

「やっぱりな」

菊之丞は目を輝かせた。

「教えてくださいよ」

寅蔵は急ぎ足で長屋の露地を歩く菊之丞に声をかけた。

「お笛は殺されたんだ。間違いない」

菊之丞は立ち止まり、寅蔵を強い眼差しで見詰めた。

「心張り棒のからくり、絵解きができたんですか。見えない戸が見えたんですか」

寅蔵は気を昂《たかぶ》らせた。

「ああ、見えない戸を出入りした奴もわかったさ」

菊之丞はお笛の家の腰高障子を開けた。生暖かいよどんだ空気がただよっている。

「金蔵たちは腰高障子を壊して中に入った」

菊之丞は開け放たれた腰高障子を振り返った。寅蔵はうなずく。

「そして、部屋の真ん中でお笛が梁からぶら下がっていた」

菊之丞は板敷きの真ん中に立った。

「だから、誰もどっからも出入りなんてできなかったじゃござんせんか」

寅蔵は暑さがこみ上げ苛立《いらだ》たしげな口調になっている。

菊之丞は涼しい顔で懐から、

「これだ。お笛の米櫃の中に入っていた」

と、お手玉を取り出した。

「なんですか、それ?」

寅蔵は眉をしかめた。

「見りゃわかるだろう。お手玉だよ」

当然のように菊之丞は掌《てのひら》の上でお手玉を弄《もてあそ》んだ。

「お手玉はわかりますがね、お手玉がどうしたんですか」

寅蔵は菊之丞からお手玉を受け取った。

「金蔵たちが中に入った時、下手人はまだ家の中にいたんだよ」

「そんなことはないでしょう」

「いたんだ」

「隠れる場所なんかなかったんですよ。九尺二間の棟割り長屋ですよ。四畳半一間、あとは土間に竈《かまど》があるくらいですよ」

「米櫃の中だ。下手人は米櫃の中に隠れていたんだ」

「そんな、米櫃の中に隠れられるような男、いるもんですか」

「だから、お手玉だ」

菊之丞は寅蔵の手にあるお手玉を指差した。

「隠れていたのは、健太だったんだ」

菊之丞は悲しげな顔をした。寅蔵は一瞬、言葉を飲み込み、

「まさか、健太がお笛を殺したんですか」

「おそらく、健太は心張り棒をかう役目だったんだろう。言うまでもなく、お笛が自害したように見せかけるためだ。健太は心張り棒をかい、誰かが家に中に入ってくるまで家の中で過ごし、戸が開けられそうになったら米櫃に潜んだんだ。それから、お笛の亡骸を発見されたときの混乱に紛れて逃げ出したのさ。お夏が見かけたのは、家にきたときではなく家から去っていこうとしたときだったんだよ」

「すると、実際に手を下したのは、花村一座ですか。そう言えば、花村一座は相州三浦郡三崎村の出ですよ。三四郎を襲った三浦訛《なま》りの金魚売り、一座の者なんじゃ……ああっ……やっぱり金魚売りは仁吉ですよ。菊之丞の旦那の観相、いや推量は大したもんだ」

心底から感心したように寅蔵は何度も首を縦に振った。

寅蔵の称賛に耳を傾けることなく菊之丞は続けた。

「一座は健太を使って、お笛に近づいた。お笛が健太をかわいがったのは、死産した息子に重ねたというより、健太の方から、お笛にかわいがられるように仕向けたのだろう。お笛は生来が子供好きだ。自分を慕ってくる健太をかわいがったのは当たり前だろうな。一座の目的は日誌だった。お笛が家を空けているときに、一座の者が日誌を盗み見て、殺そうと思う少年を調べた。そして、小吉を殺し、三四郎に狙いをつけた」

「でも、三四郎さんは殺さなかったんですよ。しかし、今頃になって、殺そうと狙ったというのはどういうことですか。お笛を殺したのは、罪をお笛に着せるためだったのでしょう。なら、三四郎さんを殺してからお笛を殺すのが順当と思うのですが」

寅蔵が言うと、

「おれの推量だがな」

菊之丞は前置きをすると、

「一座には、探し出して殺さなければならない子供がいた。それは、八歳の男の子で、お笛が取り上げた逆子という条件だった。その条件によって、日誌から該当する子供を探した。ところが、小吉を殺したとき、目的を果たしたと思った」

「どうしてですか」

「下手人は男の子の着物を脱がせている。これは、的とする男の子の身体に特徴があり、それを確かめたのだろう。特徴とは、おそらく黒子だ。小吉の背中にも黒子はあった。だから、一座は小吉を殺したとき、目的を遂げたと思ったのさ。ところが、それは間違いだった。黒子は左になくてはならなかったが、小吉の黒子は右にあった。つまり、殺すべきは小吉ではなく、三四郎だったのだ。一座はそのことに気がついたんだろう」

菊之丞は三四郎の背中の左にある大きな黒子を語った。

「一体、奴らの狙いはなんですか。なんで三四郎さんを狙うんですよ」

寅蔵に問われ、

「話は後だ」

菊之丞は走り出した。

「ちょっと、菊之丞の旦那」

寅蔵が追いかける暇《ひま》もなく菊之丞の姿は見えなくなった。

その夜、菊之丞は浅草奥山で興行を打っている花村一座の見世物小屋にやって来た。花村一座の見世物小屋に限らず、茶店や料理屋も仕舞っていた。月籠《つごもり》の夜空に星が瞬き秋の虫の鳴き声がかまびすしい。

菊之丞は見世物小屋の裏手に回った。

楽屋を覗こうと近づくと、

「今日の舞台は終わったよ」

と、いう声と共に仁吉が目の前に立ち塞《ふさ》がった。

「そりゃ残念だな。だが、面白い芝居の幕はおれが引いてやるよ」

菊之丞はにんまりとした。

歌舞伎役者が悪役を演じる際の化粧もかくや、という悪党面《づら》に笑みが浮かんだ。

悪戯《いたずら》坊主が大人をやりこめた時のうれしそうな笑顔だ。

「どんな芝居だ」

仁吉もニヤリとした。

乾ききった笑顔である。

「三崎藩の先代藩主春光公の御落胤を藩の隠密花村一座が始末する芝居だ。御落胤とは春光公が江戸の芸妓に産ませた男子。御落胤の手がかりはお笛という産婆が取り上げたこと、赤子は逆子であったこと、そして背中に黒子があることだ。該当する赤子をお笛の日誌から探し出し、浅草の油問屋の息子小吉の命を奪ったが間違いだった。

それで、もう一人目をつけた蘭学者竹山源斎の倅三四郎を狙っている。だが、あんたらの芝居はこれまでだ。三四郎は殺させない。未完の芝居というわけだな」

菊之丞は語り終えると左手の親指で大刀の鯉口《こいぐち》を切った。

その直後、仁吉は短刀を投げた。

菊之丞は抜刀して短刀を叩き落とした。

が、それはほんの序の口で、仁吉の手からは次から次へと短刀が放たれた。まるで忍者の手裏剣投げのようだ。

菊之丞は大刀を大上段に構えたまま仁王立ちしている。短刀が飛来すると僅かに首や身体、足をずらすのみである。それでも短刀は菊之丞をかすりもしない。

「おのれ……」

仁吉は焦りを募らせた。

「何処見ているんだ。的はでかいぞ。六尺近い相撲《すもう》取りのような男だからな……よし、命中するよう近くに行ってやるか」

菊之丞は大刀を大上段に振りかぶったまますり足で間合いを詰めた。

仁吉は短刀を投げた。

短刀は菊之丞の顔面すれすれに通過してゆく。

「おいおい、しっかり狙え」

更に菊之丞は一歩踏み出した。

「死ね！」

怒声を放ちながら仁吉は短刀を投じる。

菊之丞はひょいと首をすくめた。髷をかすめはしたが短刀は外れた。

「下手糞《へたくそ》！」

今度は菊之丞が罵声《ばせい》を浴びせ、仁吉に向かって駆け出した。

「く、く、来るな……」

仁吉は短刀を落とし、背中を向けようとした。しかし、足がすくんでしまい身動きができない。

「芝居はこれまでだ」

菊之丞は大上段から大刀を斬り下げた。

刃《やいば》は仁吉の右肩から左の脇腹までを切り裂いた。

血飛沫《ちしぶき》を上げながら仁吉は突っ伏した。

人相、骨相を見れば、表情の変化、目や肩、腰の動きを見定められる。短刀の軌道が予測できるがために無駄な動きをせず、ほんの少し身動きすれば百発百中の短刀も命中しなかったのだ。

文月の晦日《みそか》、菊之丞は薬研堀の江戸富士《えどふじ》で寅蔵と一杯やっていた。

「お笛さんの濡れ衣が晴れて良かったですね」

寅蔵はうれしそうだ。

小吉殺しは竹山源斎の息子、三四郎を襲った金魚売りだとされた。金魚売りは旅芸人の花村一座に潜り込み、興行の先々で子供をかどわかし身代金をせしめていた、という説明も花村一座からなされた。

花村一座は興行を打ち切り、三崎藩三浦郡へ帰っていった。三崎藩領では藩札が大量に出回り、物価が上がって何軒かの商家が打ち壊しに遭ったそうだ。

藩主川瀬春定は年貢の減免と備蓄米を領民に提供している。家臣には結束を呼びかけているそうだ。花村一座を国許に帰したのは春光の御落胤から手を引いた証拠だと菊之丞は思った。

東観寺の住職妙斎の狙いが三崎藩領の混乱だとしたら、目的は達成とまではいかないが、春定の気持ちを藩政と領民に向けることはできた。

ほろ酔いとなったところで、

「早瀬殿、寅蔵殿」

という声が聞こえ、加藤主水が入って来た。

加藤は真新しい羽織、袴に身を包んでいる。月代《さかやき》も髭《ひげ》もきれいに剃《そ》り上げていた。

「こりゃ、加藤さま……失礼ですが見違えるようですよ」

寅蔵は笑顔で加藤を迎えるとお仙《せん》に酒を頼んだ。

「実は帰参が叶《かな》ったのです」

加藤は喜び一杯である。

春定は藩内のわだかまりを解消すべく反対派で御家を離れた者たちを帰参させているのだとか。

「ああ、そうだ。うちは蕎麦よりうどんが美味《うま》いんですよ。是非、召し上がってください」

寅蔵が言うと、

「うどんの美味さはおれが保証する」

菊之丞が言い添えた。

「菊之丞の旦那に誉められるなんて、めったにあることじゃありませんや」

寅蔵が破顔すると、

「馬鹿、誉めたのはうどんだ。はげ寅じゃない」

菊之丞は寅蔵の頭を小突いた。

寅蔵は口を尖《とが》らせた。

寅蔵は首をすくめた。その様子が滑稽《こっけい》で、菊之丞と加藤の笑いを誘った。

ひとしきり笑い終えてから、菊之丞は席を立った。

夜風が爽やかだ。不本意ながら勤め始めた南町奉行所の同心職、天職とは思わないがやり甲斐を感じるようになった。

宗太郎《そうたろう》のような優秀な同心にはなれないが、庶民から頼られるようになろう、と柄《がら》にもなく菊之丞は志《こころざ》した。

この作品は徳間文庫のために書下されました。

徳間文庫

観相同心早瀬菊之丞

善意《ぜんい》の寺《てら》

2023年8月15日 初刷

著者 早《はや》見《み》俊《しゅん》

発行者 小宮英行

発行所 株式会社 徳間書店

東京都品川区上大崎三―一―一
目黒セントラルスクエア 〒141―8202

電話 編集〇三(五四〇三)四三四九
販売〇四九(二九三)五五二一

振替 〇〇一四〇―〇―四四三九二

印刷
製本 大日本印刷株式会社

ISBN978-4-19-894882-5 (乱丁、落丁本はお取りかえいたします)

徳間文庫の好評既刊

上田秀人

隠密鑑定秘録 一

退《の》き口《ぐち》

十一代将軍家斉《いえなり》は、御用の間の書棚で奇妙な書物を発見する。「土芥寇讎記《どかいこうしゅうき》」――諸大名二百数十名の辛辣《しんらつ》な評価が記された人事考課表だ。編纂《へんさん》を命じた五代綱吉《つなよし》公は、これをもとに腹心を抜擢《ばってき》したのでは。そう推測した家斉は盤石の政治体制を築くため、綱吉に倣《なら》うことを決意する。調査役として白羽の矢を立てられたのは諸国探索経験のある小人目付《こびとめつけ》、射貫大伍《いぬきだいご》。命を懸けた隠密調査が始まった！